程乃珊 / 著

程乃珊散文

上海街情话

SHANGHAIJIE QINGHUA

学林出版社
www.xuelinpress.com

目录

序一　我们生来都是旅人

曹可凡

严尔纯先生从爱妻程乃珊遗物中找到一本题有我上款的《上海素描》，落款时间为“2011.8.15”。乃珊的“马大哈”远近闻名。除写作外，乃珊凡事大大咧咧，此书想必她写完后随便一放，便遗忘了。睹物思人，往事历历在目……

印象中，与程乃珊见面，大都是在餐桌旁或派对上。有乃珊的聚会大抵不会冷清，大声的话语和爽朗的笑声总是盈满屋舍。尤其边啜几口红酒，夹几筷小菜，边听她讲海上旧闻，是再惬意不过的事了。记得有次聊起“天鹅阁”的“鸡丝焗面”和“凯司令”的“栗子蛋糕”，她的谈兴忽然被激发出来，声调也高了许多：“‘鸡丝焗面’表面烤得金黄，内里却散发浓浓的芝士味，吃完之后齿颊留香，若再配上一碗蘑菇汤及一客冰淇淋，简直赛过活神仙；而‘凯司令’的‘栗子蛋糕’更是神奇，蛋糕以栗子泥堆成，外形呈球盖形，然后用鲜奶油裱出各色花纹，中间再放一颗艳红樱桃，极具海派风味。”平心而论，这两款食物均吃过不止一次，感觉不过尔尔，但经乃珊一品评，似乎陡然变成人间珍馐。

乃珊出身名门，祖父是知名银行家，丈夫严尔纯先生外公则是鼎鼎大名“绿屋”主人。因此，她待人接物讲究格调、品位，追求高雅精神气质。在她看来，格调与名牌无关，只要穿着得体，一件普普通通的衣服，照样显现主人的腔调。忘了哪一年去她家“嘎讪胡”，我那皱巴巴的风衣居然引起她的注意。后来她在一篇散文中有过专门描述:“一身旧塌塌的米黄色风衣，颈上随便搭着一条颜色黯淡的（那种颜色新的看上去也像旧的）羊毛围巾，配一口略带苏州口音的老派上海话，貌似十分30年代，但谈吐思维却是摩登的。须知这些老牌风衣就是必须要穿得旧塌塌、风尘仆仆、漫不经心，才显出气派，很有《北非谍影》中亨弗莱·鲍嘉的神韵。只有那些盲目的名牌追求者，不惜花几个月工资，求得一件英国名牌风衣，小心翼翼地赤刮辣新地上身，连褶皱都不敢起，那才寿头寿脑……”

虽然家境优渥，从小过惯钟鸣鼎食般生活，但乃珊身上毫无颐指气使的大小姐娇蛮个性；相反，倒是乐观开朗，古道热肠。朋友间有什么事找她，她从来就是有求必应。2011年拍摄电影《金陵十三钗》，导演张艺谋提议，戏中我饰演的“孟先生”和女儿“书娟”那段对话，可否改用上海话，当然，还必须是老派上海话。于是，“程乃珊”这三个字立刻跳入我的大脑“内存”。乃珊及尔纯先生果然满口答应，不辞辛劳，逐字逐句修改。譬如:原剧本“孟先生”有句台词“书娟，爸爸一定会想办法把你救出来”。乃珊说，老上海人一般称“爸爸”为“爹爹”，对女儿也很少直呼其名，总是以“阿囡”代替，以示亲昵。因此，那句词便改为“阿囡，爹爹一定会想办法拿侬救出来”。同时，她还提醒哪些字必须要念尖团音，语气、语调也要有那个时代的韵味。拍摄时，导演专门请了位“老克勒”到现场“监督”。一场戏下来，我和“女儿”以上海话你来我往，时代感瞬间弥漫整个摄影棚，连见惯世面的“老克勒”也不禁跷起了大拇指。导演自然大为满意，并特意请我代为向乃珊致意。原本还想请她参加电影上海首映式，不料那年12月，乃珊被查出罹患白血病，从此谢绝一切公众活动。

2012年春节，经数月化疗及靶相药物治疗，乃珊病情一度得到控制。在阴阳界游走一圈后，她不仅没有消沉，反而愈加变得乐观，写作欲也十分强烈。于是，我试探着问她是否愿意为我的新书《不深不浅》写几句话，而且一再强调必须在健康状况允许范围之内。但乃珊毫无迟疑：“呒没关系，我来写，解解厌气也好。”仅仅一个月，乃珊便交出了这篇“作业”。当时只期待她写个二三百字，她却一口气写了千余字，还一再自谦“写得太长，废话太多”。她在文章中说我“属于老派的（traditional），但绝不老式（out）。他属海派的，但自有一道坚定不移的底线。这恰巧就是上海先生的特点。百年风云，云舒云卷，上海的城市文化不是一天打造出来的。为了生存，上海男人在时代的洪流里沉浮颠簸，渐渐打磨出一套顺应大都会游戏规则的应变能力……棱角虽已被生活打磨得溜光滴滑，不露锋芒，不张扬，却认认真真处理生活中的每一个细节……”文章表面上看似说我，实则却是她对海派文化的深度思考。大概过了半年多，我拿着新出版的《不深不浅》再次登门探视，却发现乃珊略显落形，状态也大不如前。原来药物已无法遏制癌细胞的恶性繁殖，而骨髓移植也因超过年限而无法施行，前景暗淡。尔纯先生告知，乃珊对自己病情了如指掌，虽也有片刻情绪失控，但很快镇定下来，靠煮字作为心理支柱，陆陆续续写了十多万字的文稿。那时，对乃珊而言，书房乃是战场，是其生命的维系。她每日躲进狭小的书房，奋笔疾书，拼尽最后一点气力，说尽留存于大脑中有关老上海的悲欢离合。当生命之舟慢慢驶向终点，乃珊终于无力执笔，但丈夫仍一如既往将书房的灯开得亮亮的。起先，乃珊从卧房走到客厅途中还会往里张望。后来，她嘱咐不要再开灯了，因为有书房而无法写作对她来说，实在太过残酷。即便如此，她又忍着病痛，以口述方式留下若干篇万字以上长文。我知道，她是想和时间赛跑，以优雅的姿态跑完人生这最后一圈！因为她说过："人生的起点和终点，我们都需要天使守护在侧。特别当生命缓缓降下帷幕之时，更需要仪式化的庄严之美。那不是迷信，是一份诚与敬，是生命的一个饱满润濡的句号。"

"我们生来都是旅人……不顾途中的危险、艰苦……虽然有时忍受不了，但有爱从四面八方伸过手来。让我们学会响应不倦的爱情的召唤，不陷入迷惘，不让惨烈的压迫用锁链将我们束缚！"张培往生后，乃珊以泰戈尔的这段话为挚友送行。芸芸众生如我们者，其实何尝不是匆匆而行的旅人，如若在有限的人生旅途中看到无限精彩的风景，便不枉此生。从这个意义上讲，乃珊的生命虽然短暂，却也是华彩的乐意。

这篇小文，不知何故，写写停停，前后竟花费整整一年时光，直至今日才得以完稿，算是放下一桩心事。身处彼岸的乃珊读了此文，不知是否会拈花一笑？

（选自《远去的声音》）

序二　永远的星辰

简　平

时间走得太快，程乃珊老师离开我们已经四年了。

可这四年来，我从未停止过对程老师的怀念，我经常想起我们在一起时的那些时光，而这所有的时光都与文学相关，这就使得这份怀念有了一种特殊的质感。我自己都很惊讶，我与程老师的第一次和最后一次见面都记忆犹新，仿佛刚刚结束，每一个细节都非常清晰，一点模糊都没有，真正是深沉的刻铸而非仅仅是浅表的记得。

1982 年早春，我第一次去愚园路见程老师，是为了向她求教文学，那时她已蜚声文坛，而我则刚刚开始练笔。那一天，程老师跟我说，能与文学结缘是人一辈子中最幸运的事情。我记住了，我希望自己能像程老师那样，让自己的人生与文学维系。程老师帮我达成了这个心愿，在她的推荐下，我得以发表了第一部文学作品。

2012 年初夏，我去富民路见程老师，这是我最后一次见到她。那时候，我们两人都在癌症治疗期间，可是我们谈的依然是文学，程老师告诉我她的创作计划，她说她脑子里的上海故事写也写不完，她还嘱咐我说，你也要多写点。我记住了，我想我要向程老师学习，因为她是在用自己的生命坚守文学，用始终不渝的真诚和热情，用强烈的使命感和责任感描述百年上海。

这样一份与文学交织的怀念，让我因此也就时常重读程老师的作品。那样的时刻，我发现程老师从来没有离去，她以她的文字与我们同在。不是所有的作家都能在无限的时间和空间里永不淹没的，能够不朽，惟因公认的经典的作品，任由时间流逝，空间转换，却永不泯灭。而程老师留下的文字，至今还是那样鲜活，那样深邃，那样难以超越。

我读过好多次《上海探戈》《上海街情话》和《上海素描》，这都是程老师杰出的著作。我第一次读《上海探戈》时，还曾写过一篇书评，我认为在中国这个舞池里，大概只有上海这座城市才能跳出探戈的韵味；而用文字来捕捉、描绘并解读这样的韵味，程老师可谓顶尖高手。同样，《上海街情话》和《上海素描》也是萦绕着独特的探戈旋律的。能领悟“上海探戈”神韵的作家，需要有相当的积淀，而这种积淀不是刻意而为的，而是不由自主的。从某种意义上说，我觉得“老克勒”和“小市民”是构成上海最为生动的探戈舞步的两个层面，他们的追求和奋斗，他们的生存和流变，足以阐释一部上海史。在我看来，上海是一座典型的让有梦想的普通人涌动并力争上游，且可从中脱颖而出，变“流民”为“绅士”“淑女”的城市。看尽百年上海沧桑，真正精彩的正是这两个层面的生活。而程老师恰恰得天独厚地融入了其中。

程老师是“老克勒”的后代，我曾在静安寺附近她家花园洋房里悠悠转着的老式台扇中，感受到弥散开来的优雅的氛围，所以，她可以直达家族最为深刻的“内心”，真切地触摸着“老克勒”们每一根精细的神经。程老师又是一位长年在“下只角”的学校里教书的先生，她还没成为专业作家时，我曾去她任教的中学看她，那所学校在惠民路上，逼仄、潮湿，校门前有几只开了盖的马桶，那是对面弄堂里的住家洗刷完后拎出来晒太阳的。程老师每天在静安寺和惠民路间往返，就像穿越两个截然不同的部落。这段生活让她真实地走进了小市民阶层，并且对他们的喜怒哀乐有了深切的洞察和理解。因而我一直认为，程老师上海题材写作的不可替代性，正是在于她将笔触深入于“老克勒”和“小市民”这一上海滩最为出彩的两个层面的生活流中，而这也是她上海题材写作的认识价值和意义所在。

让我备感欣慰的是，程老师的这些作品始终在读者中不断地流传，我想，这是程老师赋予文学的永恒的生命，她自己也在这样的文学生命中永存。这次，学林出版社再次推出程老师的《上海探戈》《上海街情话》和《上海素描》三部著作，可见她的作品仍然为时代所需，为读者珍爱，我想象着众多的读者会与我一样，读着程老师的这些作品，像她在《上海探戈》中所说的：“嗅到来自一个全新世界的甘美清新的气息，这种感觉会一寸寸地伸展。”程老师的写作是富有理想和情怀的，她娓娓道来的所有的上海传奇，不只是追怀逝去的过往，还着眼于历史的链接和文化的传承，她希冀通过自己的作品，让读者都浸润于上海独特而丰厚的文化之中，并将包容并蓄、海纳百川、积极向上、努力进取的海派精神发扬光大。

在这个清朗的夜晚，我为程老师的杰作写下这篇序，说实话，我是诚惶诚恐的，作为她的学生，我知道自己远远不及她的文学成就，因而我甚至都没有这样的资格，不过，我真的很愿意做这件事情，这让我可以再一次重温她的作品，再一次向她表达我的怀念和敬意，再一次仰望夜空，在浩渺的星海中找到属于她的那颗永远不落的星辰。这颗星辰一直照耀在我们的头上，并引领我们探索更好的世界、更好的未来、更好的自己和更好的生活。

2017 年 5 月

沪港双城，情话绵绵（代序）

《上海街情话》写在2000年，算是一篇老作了。发表在香港一本同仁自办的文学杂志上，后来因为经费无着落，这本杂志好像也消失了。出于对文学的尊重和虔诚，虽然是一本无名杂志，要求又苛刻，限于篇幅，小说字数不能超过2万，也难怪，成天忙碌的香港人哪有闲情来读你的长篇大作！我还是认真地将文字浓缩成现在的短篇。恰巧那时，从前上海我祖母和妈妈都相熟的，追随他多年的上海旗袍师傅小毛师傅从加拿大回港小住，约了我一起吃饭。小毛师傅1959年去香港，在香港上海人圈中红得发紫，甚至在九龙的香港酒店大堂租下两间店面，可见财力有多厚、上世纪80年代初移民加拿大。他与我讲了许多老话老事……所以，就有了这篇《上海街情话》。

说真的，我一直觉得沪港双城姻缘深远，绝对是一对情侣而不是什么兄弟姊妹情。百多年来，沪港双城历经沧桑，离离合合却心心相印，并结晶出新的生命——有中国特色的城市文化和生活方式，引领着全国的生活时尚。

写《上海街情话》，原意不是仅着眼于小裁缝小毛对阿英的一往情深，只是想表示沪港双城历经乱世，欲理还乱却是欲罢不能的情缘。

香港导演关锦鹏偶尔读了这篇小说，买去了电视和电影的改编权，所以有了三十集电视剧《一世情缘》，在沪初播颇受欢迎，读者纷纷查问何处能看到原著小说，在学林出版社的支持下，《上海街情话》正式结集出版。

原作只有2万字不到，故而另外收进几篇非虚构小说在集子内，主题都为“守”，在物欲横流，盛行即用即弃，不求天长地久，只欲曾经拥有的今天，一个“守”字，尤显可贵。

希望读者能喜欢这本小集，在这里，向我的责任编辑许钧伟女士的严谨认真的工作态度表示感谢；向本书的平面设计单位，上海佰德菲逊广告有限公司表示感谢；再向LUI GI CHOW先生和费定邦先生为本书提供部分珍贵的照片表示感谢。

（本书原版自序）

上海街情话

九龙旺角的上海街，徒有个“上海”的虚名，但见两边人行道上，水果档夹着廉价时装店，茶餐厅傍着香烛锡箔店，杂乱喧嚣，令众多有心想来寻觅上海昔日风华的游客高兴而来，扫兴而归。

其实不然，华灯初上之时的上海街，暧昧迷蒙的霓虹灯光下，映着下班的人流车流，互相纠缠着，人声鼎沸地在十字街头滔滔流过，自有一番红尘火浪之景，生生猛猛的，与那七点一过虽然灯火通明，却已是水静鸟飞的中环大马路相比，此时的上海街，确实十分上海，很有点如孤岛时期的租界地的二流马路；如同孚路（今石门二路）北四川路；市井艳俗，至少在小毛师傅看入眼中，是有这番感受的。

叫是叫小毛师傅，其实也七十好几了。当初搬入这里——上海街兴发楼时倒是“的的刮刮”的小毛师傅。

那时兴发楼刚刚造好，镂花钢窗五彩地砖，一梯两户，在上世纪50年代的香港九龙区，也算体体面面的中产一族的住房；就是到60年代也算OK的，那时正好霍英东首创“分层出售，分期付款”的供楼法开始普遍采用，小毛预付百分之十，购了一个铺面和二楼一个单位。

讲到地段，还是差一点，但小毛师傅当年看中这里，也就是因为这条路名为“上海街”。

小毛师傅在上海街也是发过的：60年代的他，还是三十几四十不到，一套西装穿上身走在街上微微腆起肚子，蛮有点老板相。小毛师傅浦东人，老家专出红帮裁缝，他 9 岁就开始跟师傅学生意，师傅是赫赫有名的金鸿翔的师兄，后来金鸿翔发达了开了“鸿翔时装公司”，师傅就帮他做大师傅。

师傅有一手绝招：做旗袍腰身不靠打折裥，而全靠手指的软硬功夫在衣料上扯出来，这手绝活也只有小毛师傅得到真传。就是凭这手绝招，小毛师傅 16 岁年纪轻轻，已在静安寺路上那专做女洋装的“绿屋时装沙龙”做当家小生啦。话说回来，在小毛师傅这年代，16 岁已很知生活的艰难，不像现在 16 岁还是翻漫画书打游戏机的大男孩。

16 岁时的小毛，个头瘦小——长发头时日日几根萝卜干下饭不够营养——相貌平平，却已大受女人欢迎：

“小毛师傅，胸口绷得太紧太恶形恶状？”“小毛师傅，脚馒头也露出来了太武腔？”

“小毛师傅，这只玫红太趣点？老天真啦……”

当小毛含着满嘴大头针手拎皮尺在她们高耸的胸前、神秘的胯间、纤巧的足踝间游移时，他简直成了她们的上帝。

旗袍虽然密实，却是最性感的。这种原先宽身大腰的褂子，经过上海师傅吸收了西方时装打裥、收腰、凸显线条等元素，演变成中华第一女装。

说来不信，或者因为小毛年轻轻的已在脂粉堆里打滚，从早到晚埋首在花团锦簇的旗袍堆中。一直以来，小毛对女人的概念，只是一截包着各色料作的各种造型：葫芦型生梨型排门板型……他最喜欢那种老式的可口可乐玻璃瓶，就像一个最完美的女人的身子，裁缝师傅碰到这种女人最开心，随便怎样做出来的旗袍穿在她们身上都有样有型。

阿英就拥有这样一款可口可乐瓶样的身材，也是在小毛客户中少有的一个拥有这样身材的，所以她一向对小毛的工艺不挑剔，什么都是“蛮好蛮好”的。

九七回归热令时装界刮起中国风，香港因此掀起一股旗袍风，中环“上海滩”定做一件旗袍要七千多元港币，发痴一样。连阁麟街这种冒牌上海师傅一件旗袍的开价，也动辄三四千。

有相熟的街坊半真不假地对小毛说：“小毛师傅，现在旗袍又时兴了，你的‘兴发祥’又可咸鱼翻身了。”

五六十年代上海街上的“兴发祥”，可谓上海美女川流不息，也是出了名的。什么“辘死老鼠”（劳斯莱斯）、奥斯汀等自备车常见泊在他铺口。

小毛的客户，都是五六十年代南下的那批上海时髦女人，她们相约好似的争先恐后来到香港；人来了心还属上海；吃饭要去“上海总会”、“雪园”、“留园”这些上海馆。做头发专拣门口有白蓝红三色灯转的上海师傅开的店，看戏爱听绍兴戏沪剧评弹，唯独不大愿意上这条“上海街”——与十里洋场上海差太远。

“唷，小毛师傅，你做啥不将铺头开在中环铜锣湾？喏，像那几家上海老店‘茂昌’眼镜店和‘高和’皮鞋店，人家都开在中环德铺道上，去去也便当……”

“哎呀，小毛师傅呀，这条上海街龌龊来，到你这里来试一次样子，我的高跟鞋都像给砂皮纸砂过。”

谁都想将店开到中环铜锣湾，不过小毛师傅学徒出身，省俭惯保守惯，哪舍得花钱啃这块老虎肉？当年是有个人想将铜锣湾百德新街一只铺面五万多元卖给他，要是那时咬咬牙要下来，小毛现在发达了。铜锣湾巴掌大一家果汁铺月租，都要几十万呢。

那批上海时髦太太嘴巴上是抱怨着，脚往上海街还是走得好勤的，60 年代中生意最旺时，小毛请了五个伙计帮手都来不及呢。

突然的，就像那只外国童话讲的，夜半 12 点钟一敲，公主不见了，马车变回南瓜，马夫变成老鼠……旧时乘着自备汽车来帮衬小毛的女人们，一下子好像人间蒸发了。如果真的有只水晶鞋留下，就是他那间清冷了几十年的“兴发祥”铺面。

70 年代开始，集团性世界名牌成衣大批量洪水样泛滥香港，迷你裙喇叭裤席卷全港。小毛师傅凭一把皮尺一只洋机，如何斗得过他们？就这样，旧客户移民的移民，老的老死的死，年轻一代香港女人除了酒店侍应，没有人再穿旗袍。就是有人特别定做旗袍，也大多是外国太太和城中阔太名太，旗袍被张曼玉炒得再热，也轮不上带旺他小毛。

想想有时也蛮心酸的，偶尔在中环北角街头，还会认出几件自己手下的旗袍，那完全是一种感应，远远地他在电车上，穿的人在人行道上，他就会“看”到了。只是穿的人，大多已是蹒跚而行，对衣着已顾不上的老妇，随便在箱底翻几件老货出来将就一下——如他上次见到的旧日报业大王戚大亨的遗孀，就是穿着不合身的松松垮垮的昔日华服独自隅隅而行，无论是衣还是人，都成这幅会流动画面中一个十分格格不入的镜头。遇到这样的情况，他总感惨不忍睹。

近二十年来生意是没有了，但小毛一早起身仍开了铁闩守住他那铺面。有人劝他，不如将这铺面卖了回上海老家，都讲上海现在日子好过，像小毛这样回去再讨个老婆也讨得着——自四十几年前小毛留在上海的老婆与他离婚后，小毛一直独自一个人过。

“守住这只空铺做什么？一只脚已经伸进棺材了。还想守到衣锦还乡？”有人问他。

“衣锦还乡？”在上海人前这四个字，谈也甭谈。“文革”前上海那班有钞票的人，在社会主义上海照样住洋房，吃国际饭店。

侬香港人又哪能？算老几？

上海人真有这点本事：就是沦陷时期外头和日本人打得你死我活，上海照样灯红酒绿，上海女人仍旧打扮得山清水秀；那种中日飞机在上面格斗，下面车水马龙的大马路上，行人抬头看热闹的场面，全世界也只有上海滩才有。

解放了，上海有铜钿人只要管好自己一张嘴巴不乱讲话，外出换上一套人民装仍然可以过惬惬意意的日脚。你要他们赞你一句衣锦还乡，谈也甭谈。

衣锦还乡。除非是今朝的贝聿铭、董建华，上海人才会眼皮翻一翻呢。讲起贝聿铭，他的贝家九小姐，在上海时就是小毛的老主顾。贝家在南阳路的老宅，那种气派，就是今日李嘉诚看到，怕也要感慨一番呢。

在上海人面前，“衣锦还乡”好难呢。

小毛在香港还赚得动时，回上海都还没有“衣锦还乡”之感，更何况现在“人老珠黄”。

70年代小毛的师傅去世前，他回过一次上海。“绿屋”早变成一家糖果店，他去看望了几个老客户，就是在“文革”中70年代那班上海旧时大亨触霉头时，也仍是一副“曾经沧海难为水”的架势呢。连那几位旧时师兄师弟，一月拿几十块人民币一家大小缩亭子间的，对他这位“香港人”也不怎么“眼热”。

“我们是国家做老板，保一世。侬自己做老板，辛苦啦。手停口停呢。”

这就是上海人。话是这么讲，小毛还真有点为上海人骄傲呢。做人就是要这样：宠辱不惊。

现在的上海人？更不谈啦。说真的，老婆已走路改嫁几十年，他还守什么呢？守待东山再起？不想。

现在都进入新经济时代，度身裁剪都讲究什么立体裁剪，电子量体。再讲旗袍，早已淘汰了。就凭张曼玉一个人，再也掀不起大浪。

守什么呢？小毛伏在抹得一尘不染的柜台上，几十年来第一次显得有点失落。本来，他从来不会如此多愁善感的，搅得小毛心里纷乱之极。

说真的，他还守什么？还守得了多久？

“花样年华”里的梁朝伟对着一只树洞可以讲上一大堆秘密，最后用泥草封住，他陆小毛其实也有一腔闲话要讲，只是何从讲起。

楼上的上海佬亨利下楼饮下午茶去，走过他铺面按例先来一套新闻报告：“呃，你晓得？那个上海大亨唐滕死了，刚刚电台广播呢。”

50年代上海人来香港做大亨的多的是，从包玉刚到唐翔千，安子介到董浩然，排排年纪也都七老八十，死了也不出奇。

“马上要轮到你我上场啦。”小毛说。

“这个唐滕原来是我圣芳济同学，后来考进杭州笕桥空军学校，参加陈纳德的十四航空队……”

亨利是只百搭，但凡上海滩有名有姓的头面人物，他都搭得上关系。听讲他是哈同的过房儿子的儿子，反正死无对证，也无遗产可争，也由得他去吹。

亨利好像也很不如意，50年代做金子生意破了产，一个人从半山大宅搬到上海街兴发楼，打通一房一厅，开了个授舞班专教社交舞，现今社交舞也与旗袍样已近式微，亨利仍日日戴着bow tie穿着那种宽条纹的老式尖角西装去饮茶跳舞泡女人，听讲自有一批上海老女人吃得他要死呢。

“咦，这阵南西好像长远不见来了。”亨利说。南西就是阿英，小毛不喜欢她外国名，一叫就生分了。噢，阿英回上海去了。算算日子这几天也应出来了，她阿姐娶孙媳妇，她回去吃喜酒了。小毛一想，倒真应打只电话问问阿英回香港了。她回上海前刚来铺里找过他，带来件紫红幛绒旗袍叫小毛换一副纽襻——时间长了，原来的纽襻有点脆了。

“听讲上海又兴穿旗袍，我费事再去做。箱子里翻出这件穿穿，正好一身。就是纽襻有点脆，四十几年啦，你还记得吗？”

七十来岁的阿英穿上这件幛绒旗袍，仍可显出那可口可乐样的美好身材，这就是阿英。

这几十年来，小毛的老客户，那批旧日香港名媛名太，老的老，胖的胖，病的病，瘫的瘫，不变的，惟有阿英那可口可乐瓶样的身材和永远的一尺九寸腰身。

旗袍刚从樟木箱中翻出来，带着浓烈的樟木箱味，很上海的。真的，在小毛，上海的味道，就是樟木箱味。一种古老又富态的气味。

记得四十几年前的一个下午，他照例含着满口大头针忙得满头大汗，冷不丁一个转身，看见阿英捧着一块幛绒站在他跟前。她一声“唷，小毛师傅。”恍如隔世。“听我的女朋友介绍，旺角上海街有个上海师傅做旗袍一流，我就想到不会是你吧。”

上海解放前夕，阿英是约过小毛一起去香港的，她倒不是怕共产党，而是当时与男朋友约好在香港碰头的。她男朋友是飞机师，抗战胜利后的飞机师，其威势不亚于现今的宇航员。男朋友已开着飞机去台湾，约好在香港相聚。

小毛当时裁缝师傅一个，硬碰硬的劳动人民，走什么走？“哎唷小毛师傅，你不走，我衣裳没人做了。”这句话一点也不是吃豆腐，是阿英真心话。

没料到几年后会在香港重逢，当小毛再次用皮尺量阿英的身材时，也同样一种隔世之感。从上海到香港，从做旗袍到人民装两用衫再回到做旗袍，真的是天翻地覆，不变的，仍是阿英的十九寸的腰身。

小毛天生与旗袍有缘，离开了旗袍，或者说，不见了那种可以显示女人可口可乐瓶样玲珑身子的装束，小毛总觉得那只是“做生活”，为糊口而已，一点意思也没有。

解放了，“绿屋”关了，小毛心疼地看到不少他精心制作的旗袍，被用来改成小孩子的棉袄和只好在家里穿的方领衫。

那种指尖擦过凉飕飕的橡皮缎、南京缎、印度绸的感觉，和木乎乎的蓝卡其劳动布的感觉完全不同。

花团锦簇包着的女人可口可乐瓶样的身子在落地镜前旋转的感觉，与那千篇一律的蓝、灰、黑的像只面粉袋样套住的两用衫感觉完全不同。小毛真的无法忍受。

仗着一位旧时大客户太太的法道，小毛在1957年，也南来香港。与阿英可以重逢客地，小毛想也不敢想。小毛与阿英的交情，渊源长着呢。

阿英是小毛师傅的邻居，那日拿着一段阴丹士林布料怯怯地来到房门口，要求做一件旗袍。师傅做惯平锦幛绒的，哪会将阴丹士林布放入眼中？碍于是邻居不好意思回掉，就叫过当时还在吃萝卜干饭的小毛。这是小毛第一次从度身到剪裁一手落的活计。

他自觉好幸运，第一个活计，就是一位衣架好的客人；在小毛，女人没有身材只有衣架。

试样之日，个个赞好，阿英更是顾影自怜，舍不得离开镜，对着小毛横谢竖谢。

“你自己衣架好，像只可口可乐瓶，穿什么都不会落样子的。”小毛说。那年他还不满15岁。

阿英赶着做这件阴丹士林旗袍，为的是去应聘永安公司的售货小姐。或许因为这件阴丹士林旗袍带给她一股浓浓的书卷气。她给派在文具柜台，而她的可口可乐瓶样的身材又给她添上风情万斛，吸引无数狂蜂浪蝶，一些无聊小报还特别封她为“钢笔西施”，一时出过点小风头。从此，她每件旗袍，都出自小毛的手。香港重逢后，阿英就死盯住他。“小毛师傅，你再搬场，一定要告诉我的。”“你阿英在一日，我就一日不搬。”

“鬼才信你。哪日你中了六合彩发大财，肯定店门一关享清福去了。”

“阿要我对天发誓？你阿英在一日，我‘兴发祥’就开一日……”

事实上小毛是遵循自己诺言的，虽然他没有中六合彩，但生意最旺火那时，他手下有五个伙计，唯独阿英的旗袍，从量尺寸到缝纽扣，必是小毛亲自一手做的。

阿英也是忠诚的，与那位城中名女人一样，不理你时装界刮的是华丽风还是简约风，她只是一身出于小毛之手的旗袍，只是她没有那夫人出名不是公众人物，众人不得而知罢了。

阿英一直住在当年有“小上海”之称的北角，五六十年代的北角简直是老上海的袖珍版。旧时如雷贯耳的上海大亨，如纺织界的黄老板、大沪日报的关老板、永泰保险的林老板，都聚在北角，缩瘪瘪地盘在那些豆腐干般割成的号称二房一厅或三房二厅的小单位里，只怕他们旧时在大上海公馆的后房，也威过这里。唯有他们的女人们仍是穿得花蝴蝶样飞出飞进，带旺了小毛的生意。

阿英初来香港后仍在永安公司做，广东话不会讲就专门招呼上海大亨。

她的飞机师男朋友也不听提起，来来往往仍是单吊，做起旗袍来一做五件六件的，也不像是一位公司小姐所能负担得起。

有一阵，每每小毛用一件新旗袍包装好她的可口可乐身体后，总会涌起一阵莫名的悲哀。记得他后生时读过一则伊索寓言：一个木匠发现一截木头将它雕刻成一个美女，一个裁缝又为她做了一套漂亮的衣服，后来来了个小伙子为她唱情歌，美女活了，跟着小伙子走了。

不过这只是短短一段时光。后来年纪大了点，主要活计也太忙一点，也无暇想杂事。

他一直没有再娶太太，有需要时宁可去日式夜总会混混发泄一下。他裁缝师傅一个，但对女人的仪态衣架，却要求高高。他容不得一个俗里俗气、横阔竖大或瘦骨嶙峋的女人成日晃在眼前——裁缝师傅的老婆，通常都是这样俗气，层次摆煞的。现在当然不同，裁缝师傅称为时装设计师，其实不就是那回事。

平心而论，香港真是块风水宝地，吃力是吃力点，铜钿也是好赚的。要不多久，当年那批缩瘪瘪挤在北角的上海旧大亨又重新抖起来了，纷纷从北角迁到半山，连他小毛也自己有了只门面自做老板。唯阿英还住在北角。

时过境迁，今日北角已成福建人天下，而在70年代显赫一时的摩天式大楼住宅，如阿英所住的英皇大厦也显残旧颓败，阿英仍单身一人住在那里。

那日，与阿英随便聊起将来养老之事。小毛建议她将英皇大厦的单位卖掉回上海养老，阿英回他一句：

“你自己为啥不把这间铺子卖了回上海养老？”

是的，每人心中自有一方绿土，穷一生精力死守着这块绿土。小毛文化不高，悟不出这样深的道理。但他明白阿英死守着英皇大厦，自有她的道理。一如他死守着那间“兴发祥”铺面。眼睛一眨，自己老了，阿英到底也老了。

不老的是，阿英永远不变的一尺九寸的腰身，还有，他和阿英那份即使在乱世，仍不离不弃的交情。这在当今已成绝版。

他拨响了阿英家的电话，没人接，还没回香港吧？这几日要回来了。

她讲过，要从上海带点丝绵出来让小毛帮她做件丝绵旗袍。时交 12 月，香港寒潮说来就来，又冷又湿的，阿英也七十来岁的老人，冷不起的。

忽然小毛心里咯噔一下，他死死守住这只铺面，不就是为了让阿英安乐，心里踏实，有求必应？

冬日的夜，来得很早，才五点来钟，天就灰了。小毛也不急着下铁闩，伏在柜台上看野眼，看着香港人如何为三餐一宿脚步匆匆，自己虽不富有，但好坏年轻发达时有点积蓄，也老怀颇释。

一句话，他陆小毛已曲终人散落幕下台，现在是看人家粉墨登场。

等一等，小毛在熙熙人丛中，看到了阿英，穿着件立领宝蓝呢长大衣，下面配双白皮鞋——冬日香港也有穿白皮鞋的，但白配宝蓝色，很有点……孝堂里的味道，嗨，别多事，人家刚刚吃了喜酒回来呢。阿英拿出一件黑塔夫绸旗袍。“小毛，这件旗袍可以改一改吗？我赶着要穿的。”

这件旗袍，还是当年为参加红星林黛的葬礼，小毛连夜为她赶出来的。那种塔夫绸，在60年代属十分金贵，余下的料作舍不得浪费掉，就为她盘了个漂亮的四喜扣，扣在当胸。那种料作多好，三十多年了，一点都不脆。阿英踱到镜前张开双臂让他量尺寸。还用量啥尺寸？她这笔账他一早已记在心：一尺九寸腰、胸围是……

“胸围要收紧一点，还有，那时流行短旗袍，现在年纪大了，穿短旗袍不好看。”

小毛本想问她吃喜酒吃得开心吗？看她今日情绪低闷，也就不出声了。阿英头一扭，小毛看见她的假发套上别着一朵白花。

阿英是老了。那对裸露在旗袍下摆下的双腿，瘦骨嶙峋、包在丝袜里仍显松垮。

小毛清楚记得第一次触到阿英那对浑圆的如琢出的双腿，还是那年她夹着块阴丹士林布怯怯地来找他师傅之时，那时的阿英，顶多十五六岁。

小毛被这双美腿镇住了。他狠狠心，自说自话将旗袍下摆提升了五分。有这样漂亮的腿，乐得让它们 Show 一 Show。一晃几十年啦。阿英孤身一人，到底是如何走过来的。

小毛心疼地隔着皮尺，用指尖爱惜地在她腿上抚摸了一下。阿英还是感到了，回了他一句："我老了。""我们都老了。"小毛说。

店铺的铁闩已放下，铺内亮着一晕柔和的灯，阿英捧着杯香片茶，坐在店堂里唯一一把沙发上看周刊等他，小毛则小心地就着老花眼镜，用把绣花剪刀一点一点将旗袍下摆放出来。

屋里很静、安详温暖，就像旧时上海冬日，一家围着只静静燃烧着的煤饼炉，上面再搁着把烙斗：说来是呀，那种合家在灯下炉边各做各事，又是心心相照的日子，小毛师傅差点已记不起了。就像今日今时，他和阿英在这里，很有点老夫老妻的感觉。小毛是老实人，脑子一动到这里，就觉得不应该，心一震，搭讪着去把电视机打开，让屋里有点声音。

晚上八点半，正是城中新闻专栏"城市大追击"之时，好像又一位城中隐姓富豪去世了，香港奇出怪样人都有，什么天台富豪、隐姓善长……有钱人就怕出名被人绑票。

"唐滕先生飞行员出身，早期送往美国凤凰城集训，抗战期编入陈纳德十四航空队，参加保卫黄河大桥战役多次……"小毛只是一心对着阿英那件旗袍。"……唐滕先生一生感情生活多姿多彩，香港小姐某某某，50 年代红星某某，都为唐先生红颜知己……传闻唐先生尚有一位秘密情人，连唐太太都不知该女士庐山真面目……不过，近二十年来随着唐先生移民南美，唐先生与这位秘密情人早已了断……唐太太出身香港望族之后。”

终于放下那条下摆，却因为折缝时日太久，露出一条十分显著的痕迹。小毛失望地叹息一下。“怎么了？”阿英的声音有点伤风般的喑哑。

“你冷了？要不要开只电暖炉？没有事的，等我来想想办法。可以用一道镶边将折缝遮起来的……”小毛专情对着那折叠痕。

小毛师傅打开他的八宝箱翻腾着，里面放满各个年代的滚条、镶边、纽扣等，找出一条黑珠片滚边。“好极。”小毛开心地一拍桌子。

“小毛师傅，你一点也没变，和当年在上海‘绿屋’时一样，做事顶真又肯动脑筋。”阿英望着他，幽幽地说。“做人嘛，一生那么几十年，应该负责点的。”“刚刚电视上讲，唐滕死了。”

“香港地日日都死人的。”

“小毛，我今日戴着孝，你发现吗？你为什么不问，为谁戴孝？”

小毛飞快地缝着那条贴边，眼皮也不抬“这有什么可问？几十年老朋友了，如果你想讲给我听，自然会讲，不想讲，我逼着问，就是不识相呢。”

“记得 1946 年春天，有位先生陪我来‘绿屋’做大衣的吗？”

小毛当然记得，那是位全式美军装备的飞行员；抗战胜利后，上海街头，满是这班神气活现穿美式军装的飞行员：DirtyPink（上海人叫成龌龊粉红）的制服配灰色领带，有什么好看？娘娘腔。那时上海的女大学生到写字间小姐，不少以轧上个空军飞行员为傲，阿英就是其中之一。飞行员，人高大神气，钞票又多："飞机一飞，黄金万两。"就讲的他们。

那个空军先生，刷刷地数出几张绿油油的美金神气活现地递给小毛。

绿钞票什么稀奇？陆小毛赚的也是绿油油的美金。只不过，他是飞行员，他是个裁缝。

小毛心里，即时再次酸溜溜地记起那则"伊索寓言"：木匠、裁缝和青年争夺不休，这位姑娘到底应该属于谁？闹到法官那里。法官判：木匠制造了木头姑娘，裁缝装饰了木头姑娘，但青年用歌声赋予她生命，因此，姑娘应该属于青年……

"喏，就是他。"

阿英指指电视，正在介绍唐滕生平，画面上是青年时英气勃发的唐滕的照片，就是穿着那身在小毛看来，再娘娘腔不过的空军制服。原来，他在香港，做了财主佬。但太太不是阿英。这件事，电影拍得多啦。小毛冷冷望了一眼，继续飞针走线对那条镶边。

"那年林黛葬礼，他看见我就穿着这套塔夫绸黑旗袍，说我穿得很漂亮。他当时说，有一日我参加他葬礼时，也要穿这套旗袍。我骂他十三点，讲这种晦气话。他讲他比我大十一岁，肯定先我死……他讲，如果我能穿上这身旗袍去参加他的丧礼，那才值得恭喜，这说明我身材一直保持得很苗条。”

那五十年不变的一尺九寸腰身，原来还是为这个唐革履留的。小毛咬断线脚，将改好的旗袍递给阿英。

“他也赞你的做工好，几次要我给他你的地址，我不肯。你是我的，我不想她的太太女儿和其他女朋友，来你这儿做衣裳。挡掉你不少生意呢。”说着，阿英禁不住笑了出来。

小毛却一点儿也笑不出。

原来，阿英一直这样在乎他。这个世界上，还没有一个女人，如阿英这样在乎他。一辈子在乎他。

“小毛，有件事求下你。”

小毛吓了一跳，与阿英相识多年，还是第一次听她开口相求。

“礼拜六是他葬礼，你能陪我去吗？我当然不会进去，只会在殡仪馆附近远远送送他。到今天，想找个 Partner（男伴），也只有你。”阿英瞟了他一眼。小毛喉咙口一热。“他一直在照顾你吗？”

对这个唐滕，小毛是愤怒的。好像一个不负责的裁缝，好好的一块料作到了手里却漫不经心，一刀下去裁坏了，再要改，总归是味道缺缺。

“可以讲有过。当年我在香港找到他时，他已结婚，帮岳父打理生意。他要我给他点时间，我就耐心等……那时他每礼拜来两个晚上，但不过夜……后来，被他太太发现了，他讲暂时不能来，等事态缓和一点……我就耐心等他，一等等二十几年，连搬场也不敢搬……最初时只等到他按时存入我银行户头的铜钿，后来，连铜钿也等不到，更毋庸等人……看今日报道，才知他全家一早已移民南美洲……”

又是那种粤语残片中用烂了桥头、夏梦石慧常常扮演的角色，不料阿英也会撞上。

“一直以来，我就等着‘明天’，‘明天’，他一定会来找我……从小姆妈就教我，男人不好逼的，越逼他，他就走得越快，头也不会回。我不逼他，只是耐心等他，但他还是没有回来。我好傻的。”

小毛抓抓头：“也不好这样讲。人活在世上，总该有个盼头，我也日日在盼着‘明日’，明日或者会来笔大生意，或者利孝和夫人陈方安生碰巧会走过我店铺进来望一下……至少，你总归常常会来的，你今日不来，我就等‘明天’，‘明天’还有‘明天’，比如你这次回上海去了两个礼拜，我就一个‘明天’一个‘明天’地等……”小毛突然煞住了口。

“知道他死了，我倒一轻松。姐姐一早叫我回上海养老，她孙子在上海发财了，特为买了一套房子给祖母住。我英皇大厦那单位还可以卖二百多万……上海现在真好，样样有……”

小毛看着她，无师自通冲出一句很有哲理的话：“你这是，先死而后生。”

“阿要一起回上海看看？”“依还要做多少衣裳呀。”小毛双手一叉，开始搭起架子。过一歇，多少有点酸溜溜地加上一句：“你还替他戴孝，还给他送葬……”

“讲出来你也不信……我是为自己的痴心戴孝……人家早就不要你了，我还痴痴地等他回头……毕竟，他死了，我还可以送他，赢的还是我，是吗？”

“当然，当然。”小毛连连点着头，环四周而言他，一心要引开她这个伤心的话题。

“明天一早，我就将这套塔夫绸旗袍往对面干洗店一送，干洗后保证与新的一样，一点都看不出是改过的……这种四喜盘香扣，只怕上海滩的师傅看都看不懂……”

那日一早，上海街“兴发祥”难得的下了大闩，贴着“店东有事，休息一日”告示。小毛西装笔挺地在街边招的士。

“哇，小毛，你做啥，穿得这样隆重，好像要去参加‘四个婚礼，一个葬礼’似的。”

亨利在街边与他打了个照面，吓了一跳。

他又准备过深圳去消费了；香港人去深圳，多少可以取得内心平衡。

“过日我带位太太来给你看，你知她是谁？就是唐滕那个秘密情人呢。她讲唐滕留下大笔钱给她……这位太太，吃我吃得死脱。喏，今晚东华三院一只慈善餐舞会，一定要我做她的男伴……”亨利还在絮絮讲着，都年纪一把，卖相倒挺像个绅士，却一直讲话不托牢下巴，成日靠吃拖鞋饭过日子，算算他也坐七望八了，这碗饭还能吃多久。

看到街角一只花摊，小毛抱回一大束“黄玫瑰”，这是送给阿英不是送给那死人的。他是做裁缝的，多少对色彩有点懂得。他知道，黄色代表忠贞。

讲来也很感慨，阿英 16 岁时他就认得她了，直到她七十余岁才第一次与她约会，虽然去的是殡仪馆，总归也是约会：阿英总归还是女人，女人，总喜欢花的。

不觉，又到中秋，月圆天心。

上海街上的小店小铺，或许因为地段关系，既没被大型超市淘汰，也逃过了地产商的围剿，现在又淡定冷漠地面对咄咄逼人的电子商贸的攻势，几十年我行我素，仍保留着传统的许多生活方式，比如中秋挂灯笼。

中秋之夜，但见沿马路家家店铺门前都挂起一盏灯笼，一路望过映着五光十色的霓虹灯，摇曳生姿。

灯笼与霓虹灯自然不能相比；霓虹灯艳丽但呆滞，人工而且理性；灯笼的光，朦朦胧胧，令人牵动无限的上穷碧落下黄泉的遐想。

唯小毛那间“兴发祥”下着铁闩，贴着“出租”的字样。门前失了一盏每年都有的灯笼，看在老街坊亨利眼中，如嘴巴里少了一只门牙，形成一个深深的黑洞。

小毛回上海，听讲被时装店高薪请去做师傅，其实上海一路有人请他回去，只是阿英不回去，所以他也不回去……小毛给他守到了。

多少年来，午后时分，他常和小毛一起坐在“兴发祥”的柜台后，打量着门前匆匆而过的人群，讲点上海老话，谈谈日后老了的路向。铺前散碎的阳光温柔而欢悦，启悟了大家绷紧的心弦——成也罢，败也罢，人生就是这么一场戏。

岁月荏苒，同代上海老友大半零落，也只有小毛可以听听他亨利牛皮吹吹，大话讲讲而不拆穿……看来，人是要守的。小毛守到了。他亨利也就失败在不会守。

亨利去对马路一家香烛店，买了一盏金纸的彩兔灯，插在“兴发祥”的铁闩上。

玫瑰人生

李九皋，英文名 Teddy Li，但是因为他通古博今，文史地理全部在行，我们为他另起了个英文名 Steaven（史地文），他今年 91 岁，毕业于上海华童公学。曾任当时（1936 年）上海加拿大电台 XQHA 的 Voice of Service 栏目 700KC 频道英语播音员。该电台为加拿大经营管理，对象是上海的西方侨民和洋派听众。后又任工部局巡捕行指纹鉴定科专员、洋行经理。最后自己在香港路开设贸易行肇东行专做美棉贸易。公私合营后肇东行并入纺织品进出口公司，他作为私方身份入公司任业务员。上世纪 60 年代调往北京某高校任教进出口函电专业，退休后回沪继续在某高校任教至 70 岁第二次退休，现在某台资商务办公楼任高级顾问至今，每周上三个半天班。

陈素任，英文名 Susan，现年 96 岁，1936 年上海中国飞行社毕业的女飞行员。1937 年与李九皋结婚，育有二子。

笔者与这对老夫妇为忘年交，深为他们 70 年婚姻生活的点点滴滴而感动。为让故事更显亲切生动，用第一人称叙述。

青年时代的李先生，早在 20 世纪 30 年代他已进入汽车阶层。

中国第一代空中小姐钟女士

一　华童公学毕业生

我的父亲在沪宁铁路局任职，母亲在嫁父亲以前是缫丝厂女工，家道算中产，住在黄陂路那种如一大会址那样的一上一下石库门里。

我是家中唯一的男孩，父亲将我送入华童公学——租界地工部局办的男子名校。我是华童公学 1932 届毕业的，这其实已超过父亲的财力，但我是家中唯一的男孩，所以他铁了心要培养我。当时出名的男校有华童公学（今晋元中学）、格致公学、育才公学、西童公学（今市西中学）等。英文是我们这代人的王牌。

华童公学是工部局（英租界最高权力行政机构）办的男子学校，全部教材都与伦敦的学校教材同步，清一色是外国教师任教。大约因为是男子中学的关系，很强调阳刚气质，所以男教师大部分是第一次大战的英国退伍军人任教，平时十分强调学生的风纪仪态。我的英文全部得力华童这段时期的教育。

记得华童全校只有一个中国老师——一位前清举人秀才之类，教国文的。

二　加拿大电台任职播音员

华童公学毕业，我不想再读上去了。拿着华童的文凭，很容易寻到职位。我寻工作的要求很苛刻：收入要高、工作要轻松、人要有自由。

天生我才必有用。我嗓子很好，唱歌也很好，又正巧见到加拿大的 XQHA 电台招聘音乐 DJ。这家电台就设在现在常熟路五原路上，他们一听我英文和音色就马上要我了。我选择这份工作是因为它收入高，工资再加广告收入的 20%，而且音乐又是我喜欢的。

我很喜欢这份职业。这里我可以欣赏到第一手最新流行的好莱坞电影插曲，新的唱片源源不断，根本来不及放。我可以一面欣赏音乐一面将我对这些音乐的感受即兴讲给听众听。有时兴起，我会拎起话筒接着放了一半的唱片唱几句，再放回唱片，居然可以不穿帮，说明我的歌喉几可乱真。后来，每到夜半 11 点左右，总有个女孩怯怯地打电话来要求播放一曲贵气中又情感绵绵的法兰西情歌《玫瑰人生》，女孩讲着英语，但我听出她是上海小姐。接连 3 个月，女孩总是准时打电话进来点同一首《玫瑰人生》。渐渐地，我们也会在电话里聊一阵，有点如今天的网络情人。

“想见见我吗？”女孩问。

杨瑾珣(左)与另一位便装女飞行员李霞卿。背后为其驾驶的飞机。

“哦，我长得很丑，怕你一见到我就再也不会给我打电话了。”我忙礼貌地拒绝。其实是怕她是“隔墙西施”——光声音好听，面孔不漂亮。如果是这样还要与她交往吗？不交往就很伤了女孩子的心，违背心愿与她交往又有玩弄女性的嫌疑。

一天，电台一个朋友告诉我有位小姐想来参观。我下意识觉得就是电话里那位小姐在出花头，但我也没办法阻止。

那天第一次见面，第一感觉就是她身材修长，还戴着一顶卷着面纱的帽子，加上一双高跟鞋，好像比我还要高——女人比男人高，这怎么可以呢？而且她大我5岁。但是经过漫长的人生，我深深懂得爱情是不顾年龄的。

“你为什么每晚要打电话进来？”我开门见山问她。

她坦白说：“我想确认一下，你到底是外国人还是中国人。”

“但你为什么反反复复点同一首《玫瑰人生》？”

“只有这样，你才会记住我呀！”

她长得很甜，正是我中意的女孩子类型。

电话谈心仍旧继续，但我还在考虑要不要和她约会，因为她的高——不仅身高，更因为一看就知道她是富家女！

不过我们还是恋爱了。

三　支持苏珊学开飞机

飞机问世有百余年了。

苏珊早在1936年已驾机在蓝天畅游，我很为之骄傲！

那晚她又打电话来，说已报名去学开飞机。

“女孩子开什么飞机，危险！”我吓了一跳。

“这有啥稀奇。李霞卿不也是女飞行员吗？”

“人家李霞卿是电影明星出身，喜欢作秀，你去跟她学做啥？”我也不知为什么听到她要去学开飞机火气特别大。

“我地上白相的都白相过了，开汽车、骑马，就是开飞机没白相过！”

“这有什么好白相？危险的！”

“天上地方大，随便你野豁豁开好了，不像马路上轧来西，容易与其他车子相鼻头……”她却轻描淡写地说。

喏，这就是我喜欢苏珊的地方。

我就此上了心事——开飞机，这可不是白相相那么简单。

我特地去陕西北路巨鹿路口的中国飞行社社址打了个样，这次飞行班共招40人，有一位叫杨瑾珣的女学员，她在“八一三”淞沪之战开始时毅然加入中国空军，血溅长空，是个了不起的女英雄。

苏珊的婚纱照

航空班都是男学员，只有杨瑾珣和苏珊两个女学员，其他连带教练员，都身穿皮夹克，阳刚气十足，还有不少洋教练，都是退伍飞行员！我心里火火的，其实是吃醋了！

我向朋友借了辆汽车，天天接送苏珊去上飞行课。从那时起，我就想到要买辆汽车。

这开飞机真的白相不起。一套黄卡其连身裤加防风眼镜的飞行帽价钱就木佬佬，分明是敲竹杠。上一次天就要 1000 元。一个学期 8 个月，每天早上 6 点就要到龙华机场集中上课，毕业后获得中国飞行社签发的正式证书。上海中国飞行社是中国当时唯一的民用航空训练团体。我亏得白天不用上班，每天凌晨下班后洗漱一番就接她去上课，再回家睡觉，下午再接她回家。辛苦是辛苦的，但眼看那三十多个男学员日日与她一起我怎么放心？只好来这么一下——“名花有主，你们不要动她脑筋。”

8 个月的飞行课程结束，苏珊第一次单飞。

当晚，我主动在节目里播一曲《玫瑰人生》，并说明是送给我最好的朋友陈素任，祝贺她顺利拿到飞行证书。

有朋友向我泼冷水：“你只戆大，将女朋友放在天上去飞，你四只轮盘在地上跑，怎么追得上她长翅膀的？”

我戆是戆的，但如果她执意要飞走，我硬将她留在地上，按她个性，她会一辈子不开心的。

其实在她结业前，我已为她办好设在加州奥克兰的美国波音航空学校的入学手续。入学通知书一直在我口袋里。学习期限为18个月，毕业可拿到全球公认的飞行执照，完全有资格受聘各航空公司任职飞行驾驶师。我揣着这张入学通知书，心里七上八下，有心想成全她的飞行梦，又怕她真的远走高飞。

四 相骂中结婚

她欢天喜地接过入学通知书，两个月过去了，一点没有启程的动静。

我提醒她，学校快开学了。她则无所谓："急什么！"

我怎么不急？一开学，误了学期，要再等一年！那天我又催她，她突然哭起来了"你阿是想要甩脱我，有心要把我发配到美国去，你可以乘机蛇蜕壳了……"

"我要甩脱你？真正天地良心！为了你开心，我是煞费心思……"

"那……你还要将我弄到美国去！"

"你不是一直想做职业飞行师吗？"

“啥人想做职业飞行师！我只想做职业太太，做李太太！”

不过，今天这最后一句话她赖掉了，硬讲没讲过。她明明讲过的。到底是开过飞机，连求婚这种从来由男人主动开口的，苏珊都很主动。所以我一直对朋友讲，是苏珊向我求婚。这个案也悬了70年，我们也争了70年！结婚当日还吵了场相骂。她早上6点就打电话来催我：“好起来了，起来结婚了！”上海滩这种女孩子也少见。我火大了，回了她一句：“结婚头一日就没好觉困，以后日子就难过了！”两人就在电话里吵了起来，就这样相骂70年，相爱70年！

为了迎娶苏珊，我辞掉了电台的美差——要养活老婆，靠一个月一次死工资总归弄不好了——我先后换过几次工，最后和朋友合伙做美棉（美国棉花）的进口生意。

1937年1月2日，我们在衡山路国际礼拜堂举行婚礼，然后在大草坪上开了个茶会，很简单。结婚蛋糕是在霞飞路一家白俄的西餐公司订的。戒指是在霞飞路上一个葡萄牙人开的首饰店买的白金婚戒。是洋金戒指，当中镂空，刻着两人的英文名字。然后晚上在静安寺路的康乐酒家摆两桌酒招待双方家人。从前我们知识分子办喜酒一般都是简简单单，最喜欢是开个 tea party。那种一摆就是几十桌甚至上百桌的一般都是公馆人家，他们喜欢讲排场摆阔气和我们情趣不同。

新家安在法租界近南昌路“花园别墅”，租的是一幢独立花园洋房。房东是个韩国人，如果长期租约，一年只收10个月房租，每一年还免费帮住户装饰粉刷一次。我一直不大赞成买房子，房子一买好人就生根了。

结婚5年后，我已在香港路有了自己的写字间、自备汽车。那年我28岁。我实现了诺言替苏珊买了两只大钻戒，其中一只在上世纪50年代以7000元人民币的价钱卖给越剧名伶，还有一只抄家抄走了，后来折合200元人民币了事。对此，苏珊看得很平淡，她说：“钻石、黄金是硬通货，成为通货就是要流动。所以，今天流到我这里，明天流到你那里是很正常的。”

苏珊如愿以偿，做了职业主妇，将我们家打理得有条有理。下面是客厅、餐厅，楼上是我们的卧室、书房，三楼是两个儿子的天下，随便他们拆天拆地。男孩子天生好动，应该有他们的天地。我们过的是典型的上海中产阶层的生活，汽车、冰箱、钢琴、落地无线电，这些在我们那个年代都是中产阶层的生活标志，但我们从来不挥霍摆阔。我们也喜欢名牌，手表要劳力士，汽车是宝马的好，钢琴当然是首挑谋得利，无线电是西屋最好。因为名牌是一种保证和信誉，耐用品一定要用名牌，但我们不会像今天的白领花工资的大半买一双皮鞋或一只手袋。

我们两人都喜欢白相的，苏珊尤甚。我们都喜欢跳舞，一个礼拜起码跳两次舞，周末常跳通宵舞。

当时百乐门舞厅一杯饮料的价钱就相当于当时大光明电影院一张电影票价钱，很贵的。百乐门的乐队真是“崭”，舞厅是全靠乐队的：乐队好，引得你脚痒，就会赖在舞池不想上来。

我们有了孩子后仍然一周两次去跳舞。

1952 年，上海舞厅全面禁止营业的前一天，我们得知消息，在大都会舞厅（今为静安书场）跳了个通宵。那晚，乐队特意奏了一曲《最后的华尔兹》，我为苏珊点了一曲法国的《玫瑰人生》，从此告别舞场。

30 年后的 80 年代，想不到舞厅又开放了，不过我和苏珊已不去了。首先，那已不是我们记忆中的舞场；从乐队到领班，甚至去的舞客都不是我们熟悉的。再讲，改革开放后忙得没时间跳舞，要发挥余热。

1949 年解放前夕，不少朋友去香港，约我一起去。我算算自己已 34 岁，当时年纪好像已很“老”了。再讲，我也不舍得放下这个一手经营的舒舒服服的家。我估计，我当时的积蓄，已足够我即使从此没有收入，也可令我们一家四口舒舒服服保持现在中产生活水准过 20 年。那时孩子都大学毕业立业成家，没什么后顾之忧了。

现在你们应该有体会的，刚刚买下的四房二厅装修一新的房子，新买好的私家车，怎舍得就此抛掉从头来过？

心想我规规矩矩一个生意人，共产党不会难为我的。果然，政府让我发挥所长。公司合营了，我的贸易公司并到纺织品进出口公司，作为私方人员我也给并入纺织品进出口公司，做的还是进出口老本行，但人工只160元。160元对一般人是高薪，但我们家开销大，我老婆又这样会花钱。

娶中华第一女飞行员做太太是很累的，因为会开飞机的太太主意大得很呢。

苏珊很会花钱，她买衣服只去品牌专卖店，四大公司的时装是大路货大批量的产品，苏珊看不上眼的。皮鞋也有专门的鞋匠定做，她连做头发都有专门的理发师定期上门做。

花钱花惯了要节约是很痛苦的。我始终觉得，钞票不是靠省出来的，要靠赚出来！

我就动脑筋要赚点外快贴补下，让老婆仍可以过得随心所欲。

50年代初在上海连云路（今延中绿地）有家慕时英语夜校，我就在那里任夜校英语教师。（后来偶听连环画大师贺友直也曾在那里上过英语——作者按）。

当时上海时兴学俄语，但上海人对英语始终有种与生俱来的感情，所以英语补习收入很不错，我另外再在家里开班补习英语。当然不如今天开圆台面那样大规模。

为了让老婆可以“随心所欲”地花钱，主要我想让她过得舒服点，再辛苦我也乐在其中。

说来这里还有段有趣的插曲。

慕时英语夜校为扩大生源，提高学生读英语兴趣，我还特地组织了一个慕时口琴队专吹奏一些英语经典老歌（101首世界名曲），也应时加一些新歌，如“二呀二郎山”、“跑马溜溜的山”等。学员们兴致很高，到头来都是冲着口琴班来学英文，主次大大颠倒了！

这只慕时口琴队在50年代上海滩很出风头，到“五一”、“十一”单位开联欢会，都来请我们演出。钞票一分也没有，但那时的人情操就是高，一样十分卖力开心地演出。

回想50年代真的很开心。苏珊能弹琴，我两个儿子，都吹萨克斯风，我还会吹长号，常常关起门自组乐队自娱自乐。

60年代初，我的英文特长终于被发觉了，我被调往北京某高校任教，专门任教进出口英语函电专业。那时没有电脑、没有传真，一切贸易来往全靠电函，所以行文十分要紧，不能有漏洞。虽然不舍得离开上海，但祖国指向哪里，就得奔向哪里。不过好歹算得上一个高级知识分子，比私方人员要好听多了。

好在我有间单人宿舍，两个儿子由祖母、保姆照顾，苏珊常常来此陪我。苏珊到北京来还是旗袍尖头皮鞋打扮。她习惯打扮得漂漂亮亮才走出门的。五六十年代北京有只上海太太的小圈子，她们是梅兰芳太太、画家刘海粟太太、老银行家冯耿光太太等，都是迁居北京的老上海太太，丈夫都是知名或统战人士，她们仍可保持着老上海的生活方式和社交关系，自行其乐。那时正值困难时期，高知有高知特别的待遇，苏珊给我开小锅菜，不知羡慕多少人！

苏珊做了一世的家庭主妇，将我们的家打理得有条有理。我们两个儿子各个品学兼优、活泼聪明、人也长得帅气。课余常常约同学在我们家楼下玩 Band（小乐队）。大儿子毕业自上海第二医学院分配在广慈医院，为海上著名内分泌专家邝安堃的得意门生；小儿子毕业自上海外国语学院，1965 年毕业分配至东北大学任教，虽然在上海过得舒适，但也二话不说就迁出户口去东北。凭良心讲，我两个儿子很优秀的，不是我自夸。虽然他们没有做官也没有发财，但我为他们自豪。今天我们只将有钱没钱作为成功的唯一标准，这太片面了。

我们从来不骄惯两个儿子。我们舍得花钱让他们学喜欢的乐器，寒暑假一家四口参加旅行社玩庐山、黄山、莫干山、富春江。但我们也对他们从小做下好多规矩，保姆是帮助妈妈料理家务的，你们两个大小伙子的衣服、房间都要自己打理清洁，吃饭不准剩饭碗头，不准乘三轮车（当时尚没有的士）……两个儿子很争气，功课、体育、音乐都很好，全面发展。

当时一起做美棉进口生意的朋友去香港发了财，回上海看我，我一点也不羡慕他。我觉得做个大学教授很好，虽然发不了财，但安宁稳当，且我又天生喜欢英文，喜欢年轻人。

苏珊的风度是十分好的，再一只锃亮的大钻戒一戴，连北京那些外国专家太太（当时专家多为东欧人）都对她甘拜下风。

苏珊与外国专家夫人甚至外国官员夫人成了好朋友，她们真心诚意送上自己孩子跟苏珊学钢琴、学英文、学好的修养。所以，苏珊很喜欢北京的生活。她在北京上层社交圈名气很大呢。

五　共度劫难

不过人的一生，总要碰到点天灾人祸，上帝好像存心要考验下我们的。文革开始不久，我被投进北京的监狱。没有任何证据就以反革命罪关了 6 年。同牢的有名演员崔嵬，还有一个 17 岁就跟着刘志丹的老干部。我坐了 6 年牢后还以刑满释放分子的身份送去山西阳泉煤矿劳动。这期间没法给苏珊寄一分钱。苏珊没有公职，只靠儿子勉强挤出的一月 15 元生活费，不知她如何维生？但有一点我是放心的，她一定不会想不开，我也一定要挺住，这样才有重逢的一天。

80 多岁的李太太仍精神十足

就这样莫名其妙吃了几年官司又突然平反通知我回京上课，一次性补给我 2 万多元工钿。我出了牢监第一件事就是先汇了 500 元给苏珊，再给她打了只长途电话。那时电话要传呼的，传了几次她都不在家，终于通上电话了，她的声音在那端很安详，很平静：

“我老早晓得你没有事的。我也没有事情，你放心。过年等你回家。”

其实这期间她也很惨。首先，苏珊没有工作没有收入，只好托朋友介绍去做保姆！可怜她从小保姆不离身自己去做保姆，第一次洗衣服肥皂粉放多少都不知道。就是做保姆都做不长，人家嫌她烧菜太资产阶级——青菜拣得太嫩炒菜油太多！后来总算一个老朋友有心要帮她，那是一个旧时海上名西医，将他的孙子寄在我们家一月几十元钱，如是她有个小孩子作伴，她仍是改不了的海派脾气，自己贴钱买老大昌的奶油蛋糕、冰砖给小孩吃，她是图个安慰和感情寄托。现在这个小孩子都 40 岁左右了，常常来看我们，一口一声公公婆婆亲热得不得了。对苏珊，我真是越来越服帖她。收到我的汇款后苏珊即时买了百多元的什锦糖放在婴儿车里挨家挨户派发，告诉大家我解放了没事了。她自尊心其实很强，在我坐牢的日子里受尽冷眼，总算也有翻身的一天！

我满 60 岁从北京退休回上海，马上进上海另一高校再任教，到

70 岁第二次退休。文革结束后为落实政策，分了浦东一套房子给我们。我们宁可要住惯的南昌路上一小间房间，只要在底楼不用上下楼梯就可以了。我们年纪大了，只要有个安身之处，从前一幢房子的日子也住过了，现在老了，面积小点没关系。我不是死保住“宁要浦西一张床，不要浦东一套房”，只因为我们结婚以后一直住在南昌路，习惯了这里的梧桐树，这里的氛围，这里的风情。年纪大了，再要熟悉适应新环境，很辛苦的。

我们十分外国派，喜欢与小辈分开住，如是大家自由点，客气点。

苏珊又出新花头了，迷上玩门球。1980 至 1990 年，上海有只寿星门球队，是卢湾区体委组织的，苏珊常常去打比赛，北京也去过几次。太太打比赛，我当然捧场。

我喜欢打网球，年轻时踢足球，高尔夫球不喜欢，从来不喜欢。高尔夫球有点做秀给人家看的味道。我喜欢看人与人有接触的球赛，那才有味道。

现在苏珊好几年不打门球了，到底 96 岁了。

我们每天早上 5 时就起身，然后各人做各人消遣，苏珊去复兴公园与老友晨运，我则去老城隍庙与老友饮茶，每天骑自行车去，风雨无阻的，以向友人表示，我这副老骨头还挺健朗，然后在 10 点左右上班去。

我很骄傲在 90 开外的年龄还在上班，我这辈子好像从来没有退休过，只是每周一三五去半天，有汽车来接我，给一家台资公司做高级顾问，但凡一切与外方往来英文文件都由我作最后文字审核。想不到，这辈子就吃定了 ABC，吃了一世，退休后还在吃。这里还有一个小插曲。我那家商务公司是个台湾老板，他英文不大灵。一次，一家美国公司硬是欺负了他，他要我写封英文信去教训一下他。我一问清事由，发现这家美国公司根本是违反了合约，完全可以向他索赔。我就写了一封理句通顺的信向美国公司交涉，结果帮台资公司索到了 70 万的赔款，所以那位台湾老板十分买我账。从这个角度讲，我现在帮这家公司打工是不领工资的，就算我一个月领 7000 元的工资，70 万也差不多可以支付我 10 年的工资了。当然我这是开玩笑而已，到了我这个年纪已经不在乎钱的多少了。我这个人天生闲不住，叫我日日无所事事，要闷煞！

我们只请钟点工，其他事样样自己动手。晚上必在外面就餐，借此两个人出去荡荡马路，坐在餐厅里边不一定为着吃饭。餐厅也是一个社会，人一定要保持与社会接触。去熟的那家餐厅服务生、老板都记得我们。吃是吃不多，我们每次叫两个半客菜。苏珊天天吃的是茄汁鱼片，好像永远都吃不厌。我开玩笑对她说：“几个鱼塘的鱼都给你吃掉了！”这家餐厅我们谈恋爱的时候就已经常去了，到现在也有 70 来个年头了。吃到现在两个人牙齿也没有了还在吃。烧菜的厨师都退休了几批，我们还照吃不误。在外面吃饭很有意思，人看人很有意思。我们常常猜测就餐的人之间的关系；年轻人甜甜蜜蜜的当然是轧朋友谈恋爱啦；也有男女年纪相差大点的，是老板带着小蜜吧？但凡中年男女亲亲热热，一进门就直奔角落位子的，这两人一定不是夫妻；当然我和苏珊那样老头老太还亲亲热热的，就是老十三！哈哈！去熟的那家饭店从经理到服务生都像我们自己人。我们一天不去吃饭就向他们请假。那天，有朋友请我们在另一家饭店吃饭，没有和他们请假，结果经理带了个服务员连夜到我们家来，怕我们出什么事了，这样的关心就是自己人哪。

活到 90 来岁，明白许多道理，至少轻易不会生气，也不再会与人争得脸红耳赤。

对了，我现在汽车没有了，洋房也没有了，我和苏珊没有一件名牌没有一粒钻石，但我们仍拥有一个玫瑰人生。

人生有好多选择，也有好多变故。

听说过法国大革命时玛丽·安东尼皇后上断头台的传说吗？

玛丽皇后穿着囚衣缓步登上断头台，不小心踏了刽子手一脚，她马上优雅地向他微微一笑：“对不起！”

此时她已是分文全无，昔日皇后沦为死囚，但是，你能讲，她就此就是一个穷人了吗？她在法国历史上，永远是一位皇后！

昔日我做美棉生意的伙伴早年去了香港，有的已成了香港著名的纺织业大亨，与他们相比，我和苏珊有70来年之久的玫瑰人生。许多人穷其一生赚了很多钱，也“赚”不到这样一个玫瑰人生。我们相约，来世以“玫瑰人生”作联络口令，再做下世夫妻。

六　快乐的尾声

那年大年初一，笔者按惯例打电话向李老伯夫妇拜年，不料从早到晚就是没人接。岂料到了正月十五，仍没人接电话，有点不祥之感。打电话给他们天天去晚餐的那家餐厅，这才知道李老伯进了医院。

据说，送医院的路上李老伯还对家人说：“我一定会好的！2月14日要带你妈妈去我们的老餐厅吃饭呢！我一定要好起来！”在连日不退的高烧中偶尔清醒时，他也如此坚决地说。他每年情人节都给太太准备一份珍贵的礼物——就是他自己！正所谓天增岁月人增寿，与太太白头偕老，这是一份用钱买不到的礼物！

儿子是孝顺的。自费为父亲定了一套单间的病房，让母亲一起住进去。

“他们两人是一天都不能分开的。”他说。

儿子太了解父亲了！为了怕父亲心疼自己太花费，当父亲问儿子这单间病房收费多少，儿子信口报了个便宜数字！做父亲的明白儿子的一片孝心，也不拆穿他的“谎言”。

李老伯在迷迷糊糊中常常听到太太在一面哼歌一面看电视（李伯母有点老年痴呆症），心里十分安慰，知道太太就在自己身边！凭着亲情的关爱，李老伯挺过来了，如愿在2月14日前，与太太双双又坐回那家日日去的老字号餐厅的老位子上共进晚餐。

再见到他们两老真好！

“李伯母，那段时间你担心了。”

“不，我一点也不担心。”老太太笃悠悠地笑着说：“我晓得他会好的。因为他老早就承诺我，他不会先放手的！”

老太太一面摆弄着大衣腰带上的两只搭扣，一面愉快地哼着歌。

“伯母，你哼的是什么歌？是《玫瑰人生》吗？”

李老伯笑了，深情地望着自己的太太：“她今年96岁了，好多事不记得，唯独记得我！前几天电视台来采访她，她脑子倒又十分清楚，一套一套讲得头头是道！”

“伯母到底是开过飞机的，思想新潮得很呢！”

“我早就讲过了，别看她这把年纪了，这只脑子，谁也没有她新，比不过她。为啥？自从她嫁给我之后，什么都由我为她打点，她自己这只脑子用也没用过，所以是擦刮勒新的……”李老伯讲得好幽默，引得我们哈哈大笑！

“70 多年啦！”李老伯意味深长地说。“执子之手，与子偕老”，这句古诗现在到处可见，印在喜筵的请帖上，印在喜糖的包装上，但有几个人真正读懂这八个字？如今的上海人，对婚礼排场看得很重，设想得很周到，对结婚本身反倒显得十分草率，不够慎重……“自从 1937 年 1 月 2 日与苏珊在衡山路礼拜堂对上帝发誓，我这 70 年，就没有放开过这只手！91 岁了，自己想想都吓一跳。每天上床前我总会谢谢上帝，又赐给了我和苏珊快活的一天。我 92 岁，她 97 岁，我们已经在享受生命的利息了！我这个年纪进医院十有八九是直着进去横着出来的，而我能够健康出来，就是因为我还要照顾苏珊！我是对她发过誓的，我一定不会先放手！”

我注意到李伯母左手无名指上戴着两只银晃晃的戒指，用红丝线扎着，十分别致，再仔细看，原来是两只窗帘圈圈。

“这是我们的结婚戒指。”老太太指指李老伯：“是他给我套上的。”

李老伯疼爱地拉过她的手，端详着这两只“结婚戒指”。

91 岁的李先生对 96 岁的太太关怀备至

“我们的结婚戒指早已被抄走了。好几年前做窗帘多下几只克罗米的小圈圈，亮晃晃的蛮像白金戒指，我开玩笑替她戴上，说是重新与她举行婚礼，她从此不肯脱下来了……”

近年，李老伯夫妇双双上了电视成为新闻人物，新闻由头就来自这一千多张同一餐厅的就餐发票。

“现在，”李老伯紧紧握住李伯母的手，“我们要一起向第 2000 张发票进军了！”

宝庆路 3 号

豪宅，一个极有气派的名词。内里，又往往带有几缕理还乱、剪不断的家族恩怨，烘托出一个已渐行渐逝的老上海身影。在时光隧道那端，投下一个斜斜的投影！

上海每一幢豪宅的落成，都是一个海上传奇的开始，一座成功人士的纪念碑。

上海豪宅，多以传奇开始，悲剧结束，总也逃不脱那道千百年前落下的诅咒：好不过三代。这除了与有钱人家的后代多不争气有关，更与中国长年动荡不定的政局有关。

据统计，现今上海榜上有名的豪宅约有十幢——即门口挂有“十大名宅”铜牌的，这十大名宅产权都已归国家；此外，另有约三千多幢可纳入豪宅之列的独立花园洋房，其中产权仍属私人的，大约一成都没有了。

上海宝庆路 3 号，可属这其中的一成之内。

一　颜料巨商周宗良私宅

淮海中路南端的宝庆路，沿街铁栅栏后，透过郁郁葱葱的绿树丛，隐约可见一幢洋房一角。此外，就是市区少见的大片四季常青的草地……

宝庆路 3 号的大草坪

1925年，沪上富商周宗良成为宝庆路3号的主人。不过，当时的宝庆路3号不像现今共有五幢楼。当时，围墙后只有一幢主楼和一幢给仆人住的副楼，原属一德国侨民的别墅。

宝庆路3号的建筑特点，标志着在西风渐进的上海，豪宅开始摈弃中国传统的大观园般的单求阔气和贵气的追求，越来越不讲究雕梁画栋、奇石珍木，外形设计偏向简洁。西方的追求田园绿地的元素开始注入华人强调封闭、森严繁冗的传统设计中，加强了绿地空间的视觉美，很有现代的阳光绿色概念。

最经典的代表是，宝庆路3号建筑面积共占地1048平方米，但其土地使用面积共达5000平方米。要知道，这是在有地王之称的旧法租界霞飞路的黄金切割点上！这才是宝庆路3号最显赫之处！

周宗良以重金购入此别墅后，花了七年时间，才初步打造成今天这样的格局：他另外兴建了三幢房子，一幢专门给子女住，一幢是有8个大灶的厨房，还有一幢独立洋房就是专用来接待客人的Ball Room。现在由其外孙、上海滩有"洋房画家"之称的徐元章所居住。大花园内保存至今的BBQ烧烤架仍然可用，只是围着烧烤的人已是几代之后了。

说起这位昔日上海大亨周宗良，也是一位传奇人物。

周宗良是宁波人。他的第一桶金，不是来自他的精明，恰恰是来

室内大客厅一角

自他的诚实。

周宗良毕业自宁波有名的教会学校斐迪公学，初时在上海一德商洋行做普通职员。第一次世界大战期间，德商谦信商大班扎罗门，将自己一笔巨款和多处不动产，以周宗良名义寄存。当时并没有办任何法律手续。如果周宗良赖账吃没他这笔财产，那德国洋大班也奈何他不得。但待战后，周宗良即如数一个铜板不少将巨款还给这家谦信商行。就这样，他以诚实赢得了德国人的信任。不久，他就成为德国法本集团在中国的总买办。当时的法本集团，是世界上唯一能够与美国杜邦集团抗衡的化工企业。

在1929年，周宗良的资产已十分可观，光外汇储蓄就有三百三十万美元。到了40年代，更达四百万美元。这在当时，已属天文数字！

周宗良当年还兼中央银行理事、上海工商界商会主席等，地位显赫。

这位买办出身的上海人，讲得一口流利英、德语，生活起居却十分传统。虽然住着洋房，日常衣着都是长衫马褂，开口也是一口宁波腔上海话，很少开洋文。他这种浓厚的乡土气，令许多来宝庆路3号作客的外国人也不得不入乡随俗。连德国公使来这里拜年，都按照中国传统习俗对他行叩头跪拜大礼！

1948年，周宗良去了香港。1957年在香港病逝。

二　千金小姐爱上自己的家庭教师

千金小姐爱上自己的家庭教师，已成为近代中国言情小说一个看似十分老套的主题。不料就在宝庆路3号，就上演了这样一出真人版的浪漫故事。

周宗良的四女儿周韵琴，是一位与父亲作风完全不同的洋小姐。绘画、钢琴、社交舞样样精通，又讲得一口流利英文、法文，相对而言，国学修养较显单薄。偏偏周宗良是十分重视传统文化的。为此，他特地选了一位毕业自无锡国文专科学校的、相貌平淡、沉默内向的先生做女儿的家庭教师。一周两次教周四小姐国文、古诗词。岂料，这位裙下追求者众多的富家漂亮小姐，竟爱上这位年长自己七岁的、既不倜傥风流，也没钱没地位的家庭教师。

这位桃花运亨通的家庭教师，就是后来获1991年茅盾文学奖，也是上海文学家得茅盾文学奖第一人的上海作家徐兴业先生。

说起来，徐兴业也是名门出身。父亲徐春荣是一名实业家，专情闸北民族工业发展，并开办了闸北水电公司。为了他对闸北区所作的贡献，曾有人建议将现今的青云路改名为“春荣路”。

客厅面对着大花园

可惜，日本人轰炸闸北时，所有财产化为乌有。

出身名门又经历过家道中落的男人，往往比一直顺风顺水、生活在暖房中的小开少爷别具魅力。如同经过淬火打磨的金属，既有修养又懂得刻苦向上。这位外貌羞涩内心却执拗热情的家庭教师，肯定很不同那些成日出入宝庆路这幢豪宅的富家子弟。千金小姐爱上了自己的家庭教师。

据他们的儿子画家徐元章回忆，他在整理旧居时发现好几封父亲当年写给女学生的情书，秀丽的毛笔小楷写在毛边信笺上，虽不像徐志摩那般花哨，却也是火热情深。再加一手好字，反显得出其为人的扎实和稳重可靠，是很可以让女孩子动心和信任的。

对这门婚事周宗良当然是反对的：门不当户不对嘛。他是看煞这个生在豪宅长在象牙塔的女儿，离开宝庆路 3 号的围墙，一天也过不下去的。但被爱情滋润得喝白开水也如蜜糖甜的四小姐，却欢天喜地与意中人在今淮海中路的上海市图书馆附近的中南新村——上海普通中上人家集居弄堂内一幢房子的一层楼面，安下新家，有情人终成眷属。周宗良没有出席他们的婚礼。后来，还是金城银行经理周作民说情，才勉强默认了这门婚事，拨了一份嫁妆给四小姐。

自 1948 年周宗良去了香港后，四小姐夫妇带着两个儿子一个女儿回到宝庆路 3 号居住，1957 年周宗良去世，四小姐赴港奔丧接收遗产，就再也没有回到这里。徐兴业带着孩子们一直居住至今（1992年徐兴业去世）。虽然这场婚姻最后是以分别告终，但毕竟是从义无反顾的爱情开始，在这幢百年豪宅多少留下一抹玫瑰色的回忆。

建筑与人的关系，其实远不止栖身或遮风避雨那么简单。建筑于人，犹如那交织生命与时空的梭子，盛载生命的泥土和种子。我们的人生、命运、际遇，冥冥之中，无一不与营养我们生命的建筑有关!

中西文化在宝庆路3号内的和谐交融，孕育出如周韵琴这样的才貌双全的名媛。她的聪慧华贵，应该说都是得之这片闹市中绿土的催谷！这或许就是家道中落的、来自闸北实业之家的实在内向的徐兴业所永远无法破解的一个盲点！画家徐元章回忆，当年母亲最疼爱他们唯一的小妹妹，9岁那年因脑炎夭折，弥留那十来天，母亲日夜厮守在病榻边，哀伤得近乎疯狂地以画作日记，一张一张记下女儿在死亡线边挣扎的情景！常人无法理解母亲此举，但唯有做画家的儿子懂得。元章说：

"她已无法用语言来表达自己的绝望和自责，只好借助于画……我懂得她……"

但或者，她的丈夫，当年她毅然抛弃豪宅生活愿追随他浪迹天下的那个男人，并不一定懂得!

从1952年开始直到1992年徐兴业离开人世，他都住在宝庆路3

号。沿街那道终日紧闭的木门过滤了围墙外的世界。40年时光，他一直埋头在自己的文学世界中，以完成新婚燕尔时与太太共同构思的一部隐喻当时他们正身处的抗战时代背景的南宋抗金题材小说。就是这部花费了40年时间完成的160万字的小说《金瓯缺》，为他赢得了茅盾文学奖。或者，他终于懂得了当年那个纯情浪漫的女学生，但已经太晚了。1957年周韵琴离开宝庆路3号去了香港后又去了英国再辗转在巴黎定居。80年代，雕塑家张充仁太太去巴黎时还见过她。听说她在巴黎也是一位小有名气的女画家。后来她的大儿子、徐元章的哥哥徐元健去美国做访问学者时，路过巴黎在戴高乐机场，阔别近三十年的母子才有了唯一的、也是最后一次的相聚。

"妈妈老了，"徐元健感慨地说，"对我的成才（徐元健在北京中科院应用数学研究所做理论物理研究），她很安慰。但她始终没有原谅父亲。觉得他不理解她！"

母亲送他一套精美的喷银餐具。

其实80年代时的出国人员最需要的是美金。周家四小姐仍保留着宝庆路大宅内养成的对现金的矜持和含蓄，选了这样一套精美的奢侈品给她心目中的科学家儿子！虽然这套华而不实的礼物徒然增加了徐元健行李的重量，但他懂得自己在母亲心中沉甸甸的分量。

周韵琴贵为巨富千金，嫁了个没有财富的才子丈夫，深明金山银山吃得光，真才实学永傍身的真理，对子女教育功课抓得十分严格。大儿子元健在母亲严格的督促下，从位育中学入同济再入中科院，可谓成绩骄人，但至今他仍会时时做梦，做到母亲逼他背唐诗宋词，立时紧张得从梦中惊醒。真是“天不怕地不怕，就怕妈妈叫背功课”！

对读书不大出色的二儿子元章，周韵琴多少有点失望。但当她在巴黎听说二儿子秉承了她自己酷爱绘画的爱好时，虽然不满——因绘画很难作为谋生之职，但还是托她在上海的弟弟，给元章介绍了她当年习画的老师，著名雕刻家张充仁老师！那年徐元章刚刚进中学。

写到这位据说是相当漂亮、浪漫、多才多艺却又是生活郁郁不乐的周宗良四千金，总令我联想到张爱玲的母亲。虽然她们已属二代人了，但是，同样的生于豪门，追求幸福却又郁郁不欢。至 80 年代她还与宝庆路 3 号的丈夫孩子偶有书信电话往来，后来如人间蒸发了就音讯全无，直到 2004 年上海市第一中级人民法院为宝庆路 3 号的产权纷争开庭时，周韵琴被法院认定为“下落不明”，而且，在几经浩劫的宝庆路 3 号，竟然再也找不到一张她早年的照片！就这样，犹如早年夹在书里一片被遗忘的干枯了的玫瑰花瓣，在人们开始记起翻阅这本书时，才发现不知何时，这叶花瓣已悄然滑落，不知丢失在何方！可叹这样一位敢爱敢追求的千金小姐，虽然是含着银匙出生，但宝庆路 3 号本身，并未给她带来多少幸福欢乐。否则，她何以会选上这样一条不归之路呢?

三 “我所有的灵感，都来自这里——宝庆路3号”

徐元章是7岁那年(1953年)随父母从淮海中路中南新村搬到宝庆路3号的，一直居住至今，可谓上海百年豪宅史中，仅存的一位豪宅内的末代小开。或者宝庆路3号果真有祖先荫护，当着旧日豪宅住户都无奈地屈从于时代的局限，纷纷老去在宅外的遍地江湖时，他竟还可以守住祖屋，迎来新世纪的阳光，并因以他的画、他的唱片收藏，令宝庆路3号成为上海某个特定圈子的据点，连老外都说“如果你没去过上海宝庆路3号，那你就不算真正了解上海文化！”

徐元章自言，自己从外貌到个性，更像父亲多一点。

而他，也多亏有一个开明有才，懂他知他的作家父亲。

初二那年，本来就身体孱弱的徐元章，不堪学校活动：捉麻雀、除四害、收集废铜烂铁、义务劳动……一日终于向父亲提出：

“爸爸，我不想再上学了，太没意思，太浪费时间了……”

这位才子父亲居然不加思索一口同意：

“好的，我们在家里读书，一样的！”

长年关在与世隔绝的宝庆路3号大洋房内生活，时光早已定格

徐元章的作品

在1949年前的节奏，他也习惯了这样的生活节奏，以为还是他在这里做家庭教师的年代：在家里请几个老师来，一样可受好的教育。他忘记了，在解放后的上海，任何人必需依附一个单位。否则，你就如一个没有躯壳可寄居的游魂，在社会上飘忽不定。事实上自初二起，徐元章就是这样一个没有单位的游魂。好在现在开放了，上海滩涌现越来越多的自由职业者。否则，他日子还真有点难熬，很容易被视为社会闲散人士，即为无所事事好吃懒做的代名词。

自小在这所带大花园的闹市中净土长大，徐元章先跟母亲学画。聪明敏感的母亲早已发现了他的天资，虽然她并不希望他成为一名职业画家，但还是替他请来了著名雕塑家张充仁做他导师。随后，他先后师从哈定、李泳森夫妇习画；著名油画肖像大师俞云阶，也曾上宝庆路3号教他绘画长达五年。

此外，他还师从范继圣（钢琴家孔祥东的老师范大雷之父，当时为上海音乐学院钢琴系主任）学钢琴，与哥哥一起去陕西路一私人教授处习英文……虽然他钢琴没有学好，英文也不算流畅，但这些教养都浸沁入他的血管中，默默营养着他的思维和艺术才华……就这样，宝庆路3号围墙内三代人的精致生活，打造出徐元章这样一个流着蓝色的贵族之血的画家。

早年9岁妹妹的夭折，12岁时母亲的离去，令徐元章的童年带

上海最后一位私人豪宅主人——画家徐元章

徐元章不仅是一位老洋房画家，还是爵士乐的发烧友，他收藏的老唱片和乐谱颇具规模。

上一抹凄零，这令他总带着一缕浅浅的哀伤。有人说，艺术家应天生带着一丝淡淡的哀伤。或许，徐元章确实天生就是一位艺术家。只是因为早早脱离学校的集体生活，并且长期生活在无产阶级专政下的豪宅内的残山剩水中熏陶，这令他成为上海滩上他同年人中的一个异数，也造就了今后一贯的谦恭、敏感和脆弱及不谙世事，特别的不能融入花园围墙外，直至宝庆路以外的生活！

在他心目中，从1949年起，上海就已经定了格：就是那一片一片他从小就看熟了的隐在绿阴中的老洋房；他的生活，也是从12岁迷上油画起，也定了格：那就是上世纪20年代的爵士乐和油画。当然，还有漂亮的女人。

他与老爸徐兴业很像，相貌平平，不谙世事，不善辞令，却颇受女性欢迎。即使他后来在文革中被分配入清一色由婆婆妈妈组成的里弄生产组做工，连带那些四五十岁的根本没有文化更遑论懂艺术的婆婆妈妈，都十分疼惜这个斯斯文文彬彬有礼的小青年。说过了，徐元章除了音乐和画画，在其他方面几乎等同白痴！生产组是专事生产加工线圈的。徐元章自己也弄不清，为什么他绕出来的线圈，绕一只就会烧坏一只，因此老是完不成指标。

几个婆婆妈妈就让他歇着点，自己手里加快点。几个人就将他的指标做出来了。

“你是洋房里的小开，这种活计不是你做的。”

但是，每天空坐在那儿不做活，也不好意思呀！于是，徐元章就在一边给她们讲故事。当时上海还有许多东欧社会主义国家的电影在放，他就将这些电影故事内容通俗化、上海化地娓娓讲给这些老阿姨们听。老阿姨们听得着了迷，后来索性每天上班前，就替他买好豆浆糍饭油条，让他笃笃定定吃好早餐替她们讲故事。至于他的配额，自然都帮他做出来了。

文革中，宝庆路 3 号被充公成为华侨西服厂。徐家父子被挤迫到洋房后楼——通常从前是做储物室的，上海人称之为亭子间之类的房屋辅助部位。笔者曾应邀去他家听音乐——当时的盒装磁带尚属十分稀罕呢。但见小小亭子间布置得十分雅致，元章太太和父亲徐兴业，特地备了西点煮了咖啡待客。也就是那次，我认识了他的太太黄亨义。70 年代时她才三十来岁，艳丽惊人，即使一件已褪色的蓝布罩衫，都淹没不了她那非同寻常的美貌。

她是一位中德混血儿。她父亲曾被当时的国民政府派往奥地利的维也纳警官学校。她就是父亲与一位漂亮的德国姑娘的结晶。她的名字亨义就是英文 Honey（甜心，可人儿）的中文谐音。

说来也巧，仿佛命中注定，与父母为师生相爱一样，黄亨义与他，也是师生恋。她 15 岁那年，经人介绍跟他学油画，就此互生爱

徐元章的作品

慕，谈了8年恋爱再结婚。

黄亨义似是徐元章的母亲、宝庆路3号的四小姐的翻版，岂但漂亮而且多艺多才。她跟言慧珠学过京戏，跟男低音歌王温可铮习过声乐。在当年的罗宋俱乐部跟白俄学过芭蕾。她的画也很不错。本来，她或应也可成为上海文化界一颗冉冉上升的红星。

1965年由周小燕带队的上海声学团去黄亨义所在的上海某元件厂招生。黄亨义唱了一首歌后，即被作为第一号入选。为此，她还在上海声学团读了一年书。可惜该团在"文革"开始就解散了！

如同当年徐元章的母亲，拜倒在黄亨义石榴裙下的人不知其数，甚至有当年十分吃香的军区司令公子甚至市造反派头头，她就是看中又没相貌又没权势更遑论钱财的徐元章，在1971年嫁入宝庆路3号亭子间。他们有了个和母亲一样美丽的女儿。

1992年，黄亨义有个机会去美国。当时，她已经42岁了，或许这是她最后一次可以拼搏的机会。为了女儿，她走了。

元章是不会离开上海的，甚至不愿离开宝庆路3号。他连上海以外的省市都没有去过，更遑论叫他漂洋过海。这对恩爱夫妇分手了！但再见仍是朋友。

就这样，送走了太太，送走了女儿，他仍守着宝庆路3号，画他的上海老洋房。他没有公职，就是靠自己的画笔，养自己、养宝庆路

3号的大花园洋房。

房子如女人，需要呵护和爱的滋润的。文革后宝庆路3号总算归还了，但要养起这幢昔日豪宅可不容易，单请一个花师傅日隔日来打理这只占地几千平方米的大花园，浇水和除草，一月就是可观的一笔；还有，那有二百来平方米的大客厅，空调一开，电费动不动就是以千元为单位；就是不开空调，光开亮那大大小小的吊灯、吸顶灯、射灯，电表也会走得很勤。当然，欲重新打造经几代人精心打造的宝庆路3号的昔日辉煌，就是百个徐元章，也无济于事。要紧的是，他毕竟守住了这片樱桃园！

有亲戚讪笑他："你这个人这么窝囊，看煞你一世无成，也没有女人会要你！"

他仍只顾耕耘，不问收获。五十年来，他坚持用维治尔的画法画旧上海建筑。渐渐地，自然形成了几个系列：如历史名人住宅、宗教建筑……初时他只给自己几个朋友和学生欣赏，继而在自家的大客厅中办了几次展览。就这样，没有广告，也没有美术评论为他作任何宣传，他的画和他本人如同宝庆路3号，开始在上海滩渐成热点。几乎所有在沪的外国领事外交官们，都来宝庆路3号作客观画，不少中外媒体，包括美国的《时代周刊》都作了报道。不少中外人士开始买他的画。

每逢圣诞，宝庆路洋房内的 party 一点也不输给专业娱乐场所。

一位外国画商如此评价他的画:“画西洋建筑在西方绝不稀奇。但在徐元章的画里,有一种旧上海的历史韵味,很独特,很令人陶醉。”

是玫瑰,总会开放。当然,这个等待绽放的过程,是漫长和艰苦的,需要耐心和信心。上海 APEC 会议上,选择了他的 62 幅老洋房油画挂在会议厅,当时的徐匡迪市长还指定以徐元章的老洋房画制成明信片作为上海送给出席 APEC 会议官员的礼品。

他依然将自己关在宝庆路 3 号画画、教画。他教画不收学费,但必需有天分。另外,要有气质。故而他的学生,几乎清一色为妙龄美女。他不否认这点。

“我喜欢带着一份美好的心情作画。可爱纯情的女孩子永远会令我有好的心情!”

为了保证这份好心情和好氛围常有久有,他与他的女学生们只做朋友,不谈恋爱。因为,他不愿为了一棵树木而放弃一片森林!

四　上海昔日豪门之后聚集的据点

笔者已在前文叙过,房子的意义远不止只是栖身那样简单,已盛载的,是一种生活方式和生活态度。

潮起潮落，半个多世纪的时光，带走多少的上海传奇和昔日皇族豪门的恩怨。其中的种种细节，只有他们的后人在不受干扰的十分私人的空间里，才可以细细品味和冥想。

开放了，随着史学界对上海30年代的文化经济不断地作出客观和公正的回顾和评价，那些旧日豪门的后代却已习惯了低调和沉默。那与生俱来流动在血液中的基因，看在别人眼中永远有层隔膜和误读，唯独在那昔日豪门之后的小圈子，互相间才会有种惺惺相惜，把那破落了的悠闲重新排成情趣的密码，去开启那道曾经被道道重门封锁的时光隧道，在灵光一闪的契机中坐拥天地间的感受。当大部分昔日豪宅已改庭换门或者消失得无影无踪时，宝庆路3号宅内那一串在1936年安装的彩色饰灯，犹如那等着游子归来的家人特地为之留下的灯光，仍然温柔地洒在新世纪的昔日豪门之后身上。这里的每一个建筑细节都会唤回他们悠长而深刻的记忆……

每周日下午三点，他们都会在这里相聚。他们中有昔日的钢铁大王的孙女朱文琪、面粉大王的孙子朱永宣、盛宣怀的外孙和孙女……他们大都是来自昔日的圣约翰、沪江等著名大学，讲一口流利英文，对西洋古典音乐旋律如鱼得水，对社交会得心应手。这里，是他们一方永不凋谢的樱桃园！

连外国人都说："来上海没有去过宝庆路3号，就等于没有见识

宝庆路3号的后楼

过原汁原味的上海文化！”他们将宝庆路3号的豪宅连同在里面出出入入的人，都作为研究上海文化的活化石。

最壮观的一次外国人聚会，当数在他家举行的一次“瑞典之夜”。前后总共有一百七十多人，其中还包括瑞典的一位省长。

有次，有八位外国领事一起登门拜访宝庆路3号。

老上海豪宅，宅内宅外，都是故事。每一任豪宅的主人，都如一场投入轮回的生命，日出日暮，花开花落，犹如秋天的落叶，铺了一层又一层。豪宅无语，默默载走几代恬淡如菊的故人风景……

太平花园金兰十姊妹

一　西摩路

上海西摩路，今为陕西北路，在上海算不上大马路，但名气很响，而且给人的印象总是十分“外国味道”。这种“外国味道”，不同霞飞路静安寺路所刮的洋风那般单一的商业化市场化，也不同西区虹桥那种外籍洋大板集居区那般贵族气，西摩路上的洋气，总是一种很有为一宿两餐舟车劳顿的，浮世绘质感的，光怪陆离的洋气。那时的上海人看西摩路，很有点如今的美国人看纽约华埠的唐人街，对了，西摩路在旧上海就是上海人眼中的“洋人街”，一众离乡漂洋来上海冒险掘金的外国人在上海滩竭力营造的一个相近他们自己生活兴趣、习惯的社区街坊。故而西摩路的洋气，很有点龙蛇混杂红尘浊浪的味道。

与相隔二三条马路的胶州路相比，胶州路更似一位有清白家谱可查的安分的小家碧玉；西摩路，恰如上海女人中行为扑朔、正邪界限模糊的一个上海宝贝，一颗在华洋交杂的十里洋场风炉里炼成的独特金丹。

西摩路南起旧法租界与公共租界的分界线今延安中路（旧称福煦路），三幢没有名字，上海人俗称为十弄、廿弄的上海早期十分摩登、上海洋派白领家居的三层西式公寓，即成西摩路起源的地标，然后穿过威海卫路、静安寺路（南京西路）、南阳路、爱文义路（北京西路）往北延伸，这一段都属公共租界的高尚地段，所承载的，是一段金粉玉琢的海上浮华；西摩路威海卫路口的红砖大宅程公馆（与文新大楼相邻，现沿街围墙已拆除），静安寺路口的荣公馆，南阳路口的宋家老宅等沪上豪宅都气派地雄踞在西摩路上，要说最有气势最富丽堂皇的，当为今辞海出版社社址，造于1926年的圈在环抱着这全段西摩路和爱文义路的竹篱笆后的英式豪宅。今港澳娱乐大王何鸿燊的伯祖的老宅，人称何东爵士花园。

由此可查实，西摩路起源是地产商作为高尚区域来开发的，过了新闸路，西摩路景观就显然差了，特别在今新闸路陕西北路到江宁路这块地方，即今上海大学分部现址，以前是公共租界的美军驻地，所谓一粒老鼠屎坏了一锅汤。这片美军驻地启于具体年月尚找不到资料考核，但肯定是在上世纪20年代末30年代初抗战全面爆发前，这批美军的进驻招来大批专做外国人生意的咸水妹迁来这一带租房住，坏了这条街的名声。咸水妹多为广东籍，大概也因为亲帮亲乡帮乡的，也因为抗战全面爆发前后上海租界地畸形繁荣，原集居在日占区虹口的广东人纷纷逃离日本人管辖进入租界地另谋营生，令西摩路近新闸路一带成上海仅次于虹口的广东人聚集区，这一带的广东人大多从事服务性行业或经营服务性企业。今陕西北路原七一中学原址，就是一所当地老街坊俗称为“广东学校”的崇德学校，以粤语方言授课，为广东某教会所办，内里还设有用粤语讲道的礼拜堂，方便近里的广东街坊做礼拜，在威海路近陕西北路的今爱国中学，旧时称“智仁勇女中”，这所在上海教育史上可谓无名无籍的私立女中，从校长到教员多为广东人，也是这一带的广东市民阶层乐意送自己女儿去就读的。由此可见，旧时这一带的广东人势力有多大，心有多齐！

西摩路上还有一道绝世风景，就是那环抱住西摩路新闸路一段路面的，现今世界上唯一一座保存得最完整的犹太会堂。这座希腊神殿式的三层会堂建筑，规模宏大肃穆，1920 年，来自英国的大拉比·赫希为会堂举行了开堂仪式，1932 年，这里改为犹太学校。它的存在令西摩路成为世界级的一条街。近年来，不少国家元首和当年在这里就读的犹太人纷纷如朝圣麦加般来拜谒这里。据言克林顿夫人希拉里的父亲，年少时曾在这里就读过。克林顿夫妇访沪时曾双双特地来这里拜谒过。

与这座犹太会堂贴邻沿街是一列极具典型南欧风格的四层楼真正具洋房定义的联体洋房，那如可口可乐瓶造型的两面对称的石柱扶手的石台阶直通二楼大门，门上有个圆孤形的檐沿，原本对称的石台阶两侧还有一对石莲花花座，然后是一式的木质百页窗，在三楼外还有一个小巧精致的、用生铁铸成优雅图案的罗密欧朱丽叶式的小阳台，配着沿街那一棵郁葱的梧桐树。早在上世纪五六十年代，这列洋房尚未如此残旧时，这一段路面真的很有几分异国情调。即使今日，在秋的清晨，踏着一地扑扑响的落叶在这里行走，在罗马式的拱形檐沿下的石台阶边，伴着一溜在人行道上悠悠驶过的自行车清脆的铃声，与马路斜对面的基督教堂怀恩堂早礼拜沉郁的风琴声交织一起，令人内心在平和之余，特别感到一种十分朴拙的洋气。随便一瞥，看到那晦败的石台阶边，斜斜地倚着一辆灰黑色的叶子瓣都生锈的"老坦克"自行车，便会想起中学时代看过的那部黑白意大利经典片《偷自行车的人》，其实在没有好莱坞片时的上海，我们仍能欣赏到一些世界名片。那一样的老式自行车，一样的颇具南欧风味的老街区，令人顿生联想，那踏遍天下的父子所要寻的自行车，是这辆吧？虽只有短短的近十个门牌号的一截路面，却也会令人生出这样一段跨越时空国境的臆想，这就是老街区、老房子的魅力。

这排联体洋房就是太平花园。老街坊习惯称其为犹太房子。

或者因为有了何东爵士豪宅，宋氏家族老宅和犹太人聚居的太平花园（在上世纪初至20年代法西斯迫害犹太人前，犹太人在上海是有钱人的代名词），这三大高尚住宅鼎足此段西摩路，从而抬高了这段路面的身价，因而这一带颇多独立的乡村别墅式造型的小洋房，其中有著名上海绘测师竺家、德籍名医 Dr. Hooper（该名医的两个儿子被自己家养的狼狗咬伤，患狂犬病去世，该医生全家伤心欲绝，搬离这个伤心地）。太平花园房东伍家的小洋房众星拱月般散落在西摩路爱文义路一带。

至今陕西北路仍多见老洋房，只是因为它要比西区的洋房年代悠远，而且，这一段西摩路，随着后来犹太人的迁离，大量的西班牙人葡萄牙人白俄人的迁入，渐成一个嘈杂的外国人在上海的“洋人街”，那份早期的优雅高贵也就陷落了，连带那些老洋房，现今显得那样黯败渺小，而且拥挤杂乱如一个大杂院，所谓凤凰落毛鸡不如。

那些巴洛克式的廊沿上吊着滴水的拖把，精工细雕的窗台上伸出一竹竿的胸罩内裤，房子犹如一位流落风尘的贵族小姐，欲哭无泪，受尽凌辱，人老珠黄了却要她承担起历史的失误！

“这种房子还要保留做啥？老早好拆了！”

总相信，房子是有生命的。不论是名人故居还是凡人百姓。特别那些经年老屋，经过长年几代的人与时空的对话，犹如那经多年香火供奉的寺庙会生出灵气。

老屋里印叠着层层生命的轮回，就像那年复一年的落叶，经过岁月的积淀发酵，就成为营养我们这座用钢筋水泥建成的城市硬体的文化脐带！

要摧毁一幢老屋很容易，推土机三两下就可将其辗成泥土，白茫茫一片真干净！但寄居老屋几十年上百年的精灵将在何处安身？它们的游魂将归何处？

在四周一片繁华璀璨的摩天楼群中，那些上世纪初留下的老洋房，是与后都会文化相悖的，这些残败的老建筑是现代都会的黑洞，是年轻都会一代思维中的盲点与解不破的密码。空间与人物不单有物理关系，还会有很奇异的化学作用。我们世代在这幢楼里居住，几代的人情民生就投在这样一个具体的空间，好多好多年后，那个曾代表这个划定空间的躯壳已不复存在，但我们仍会感觉到这里维持着我们和城市的过去和现在，在这个特定的空间赋予我们一些对城市历史的质感和体验。

这就是为什么，我对上海老洋房，总有一段挥之不去的情愫！

过了新闸路，西摩路景观几乎一落千丈。旧上海新闸路以北的都是工厂区、昌平路、余姚路一带已属大墙后的穷街小巷，且殡仪馆林立，又邻近苏州河，西摩路完全黯然失色，进入长寿路结束。

二　西摩路小菜场和外国老太婆

位于今中信泰富广场现址的陕北菜场，这一带老街坊一直习惯叫西摩路小菜场。

老街坊们对西摩路的忆旧，不大会想到何东大宅宋氏老宅包括那只犹太会堂，但绝对怀念西摩路小菜场。民以食为天嘛。

西摩路小菜场已成这一带的地标，街坊们最容易抬头不见低头见的地方。西摩路小菜场，大约是仅次于虹口三角地小菜场的、旧上海最大规模的钢筋水泥结构的多层室内菜场。室内菜场是西方传入上海的。上海传统街市是露天的、在居民区附近自然聚居的。最早在 19 世纪末，租界当局为便利外侨采购和对中国摊贩便于管理，率先在租界地开始起造这种便于清洁又可避风雨的室内钢筋水泥小菜场，继而在上海各区推广。据悉，上海第一座全钢筋结构的两层小菜场中国菜场在 1898 年元旦正式开业，位于今南京路新雅饭店后面。三角地菜场稍迟建于中国菜场，同为 19 世纪末。西摩路小菜场则要在 20 世纪初才竣工，可以讲是长达几十年直到 90 年代初拆除为止，全上海规模最完善、品牌最响的一座小菜场。

源自这一带特别多外侨聚居。特别这段静安寺路以北的西摩路，故而西摩路小菜场的市场定位，一度也是以外侨为主。这种经营特色一直延伸至文革开始。即使在困难时期，这里仍设有外侨供应专柜和侨汇票供应专柜，有卖上海滩已属罕见的红菜头、干酪、小牛肉和莴苣等！

西摩路小菜场楼高四层，底层最大众化，然后越上楼价格越贵货色越好，只是后来因为物资短缺，只开放楼上楼下两层，楼下卖计划供应的副食品，楼上卖特殊供应的或高价品（以高于市场价十倍甚至更多的价钿敞开供应的副食品，此为困难时期上海官方推行的一种合法的经济政策）。

20世纪20年代轰动上海的主仆相恋社会新闻的男主角，与千金小姐黄慧如相恋的包车夫陆根荣，刑满释放后就在西摩路小菜场底层入口处开了个专卖各种卤汁熟食的小店，有传言到60年代初黄慧如还从北京辗转找到西摩路小菜场他这家小店内。西摩路离他们“发案地”常德路春平坊仅一箭之遥，陆根荣将店开在这里重新展开自己生命之旅，想来也是因为这一带已熟门熟路且西摩路小菜场市口好占尽风水地缘之利吧。

现今又是四十多年过去了，春平坊已拆除开成一条新路愚园东路，陕北菜场也摇身一变，矗立起一幢全上海最昂贵、最高档之一的钻石级写字楼中信泰富，但陆根荣黄慧如的主仆相恋浪漫悲剧仍在新世纪的评弹演员口中娓娓讲述，可见那发生在上海市井弄堂内的传奇小闻，仍有市场，听来俗不可耐，但这就是生活。有时，生活中带点市井，带点俗气，生活本身反而会因此更赋予活力和魅力，一如这只已消失了的西摩路小菜场留在旧街坊们心中的记忆！

但凡某地段嵌进了一只小菜场，总有点跌身价的。这一段从南京西路到南阳路口的陕西北路亦然，有点如公馆豪宅的后门下房，充满服务业的气息——杂乱喧嚣，路面成日湿漉漉黏答答的，但一日到夜永远是生生猛猛的，连带半夜时分邻近的静安寺路上的霓虹灯都相继熄灭了，这里的老虎灶炉膛仍彻夜不熄，一片通红。

拂晓时分，这里小菜场一至四楼总是灯火通明，新鲜的牛肉、水产、蔬菜已源源运入；隔壁相邻的酱园，也早早下了排门板，相连的生煎馒头豆腐浆店大饼摊，已把第一炉煎得透黄的生煎包芝麻大饼开出来了，炉前挤满了早班上班的市民和勤奋的学生。

这一块地或许是租界地内的，西摩路最世俗市井的一段，但也是这一带老街坊最怀念的一段西摩路；从大饼店到卖丝线缝衣针的杂货店，连带刀具店、五金店水果店、廉价理发店一样不缺，井井有条地挤在这一截不足一百公尺的路面上，与之相邻的还有一只汽车加油站。可谓杂繁中见秩序，合理中见需要。

但凡都会再高尚再昂贵的地段，总会有一片与之相连的大墙后的市井俗浪，这种理应势不两立、尖锐相悖的两大族群却因为城市生活空间和方式的互补而得到平衡舒缓，相互无事。直到20世纪90年代超市开始在上海大面积扩展，这种高尚住宅必与大墙后面服务性的穷街陋巷相连的畸形现象才得到彻底解决。不过对这里土生土长的老街坊，仍需要一个适应过程。原环绕陕北菜场居住的老市民，因着不少人都在周边住宅区人家做保姆钟点工，很多都是几代人的雇佣交情，东家不放心请陌里陌生的外来妹小保姆，老保姆怕动迁他区失去一张熟悉的人事网不易找到合适的熟知脾性的房东家……人们还很怀念旧时在菜场与小烟纸店、酱油店购物闲聊的那份街坊味……

时代在进步，我们总不能负载太多的过去一起赶路！我们了解历史，是为了今日可以有个借鉴，少走弯路，赶路的速度可以加快。

也有人被时代冷淡被历史遗忘的。

直到 20 世纪 60 年代中期，这里仍会偶见到个别头戴蛋壳式小圆帽还古怪地插着几根羽毛，身穿西式裙子，脚踩着后跟已歪移的高跟鞋的外国老太太。至少在我清晰记忆中的最后一个外国老太太，是在 1967 年左右文革已开始了，她还健在。这位抹着猩红的唇膏，在大冬天穿着一身驼色大衣，在寒风中勇敢地裸露出一对瘦骨嶙峋的小腿的老太太，一时成了我心目中关于“西方”的感性场景的最后一道风景，这批开放前上海最后的外侨，在上海仍可基本保持他们与生俱来的生活习惯，维持着较上海普通市井蚁民质量高几个层次的生活。然这些外侨大都已属昨日黄花，过往在旧上海自恃高人一等的傲气，早已不复存在。特别在“打倒帝国主义”的标语口号处处可见的文革中，她们更是脸显谦卑之色，有点如日本旧式妇人。这里为什么要用她们而不是他们，是因为后来残余在这一带出没的外侨，似清一色都是外国老太太了。是因为女人的寿命较男人长，她们的老伴都早已离世，也或者因为她们仍死守着一份莫名的白人优越感——外国先生死了老伴可另找一个上海女人，但外国女人万万不肯找个上海先生，除非他是巨富。还是因为，她们被她们的男人遗忘在异国他乡上海，守着一份无望的诺言，她们最后只能接受他乡为故乡这样一个事实！其实她们本就是来上海谋生的外国流莺，一心想在东方巴黎活出彩虹。然现实同样残酷，她们只落得个做外室或秘密情人的下场，故而她们都是无儿无女，在故园老家没有人会想到接她们回去。

早在50年代，这批外国老太太应该还不算太老，但一般平时已很难看到她们身影。在南京西路的“海燕”、“上海咖啡馆”、“凯司令”等，在当时上海属极少数的尚现几分洋派的场所，根本已见不到她们踪影。唯有在西摩路小菜场附近，仍会偶尔见到她们手提硕大购物袋沉默地踽踽独行！她们的老式的前面往往有着复杂的鞋饰的高跟皮鞋、肩膀处夸张地高耸起的外套和卷着面纱的插着羽毛的蛋壳式的小圆帽，每每会引起我们小孩子的好奇——好像是一具会行走的老古董，令我们在好奇之余又生出些许恐怖。

60年代学校常要对我们进行“外事教育”，即为不要围观外宾、对外宾要不卑不亢……似乎“外宾”的范围并不包括这批所剩无几的外国老太太。她们只是外侨不是外宾。

她们大都住在陕西北路(西摩路)太平花园，还有贴近西摩路小菜场的公寓里，其实她们中有可能大半是白俄或西班牙等南欧犹太人。她们会讲上海话，但她们轻易不讲。在这个她们度过大半辈子甚至生于斯长于斯多半终老于斯的东方巴黎，她们一直是持一种疏离的心态，不能或者也不屑融入上海。她们不会在南京路上荡荡看看橱窗，更不会进入与之一箭之遥的平安电影院看场苏联电影或《孤星血泪》这类英国老片子。她们与仍活跃在上海中福会翻译界的国际友人外国上海人不同，她们不会讲新式的上海话和政治新名词，她们是旧上海一度骄妄不可一世的外国冒险家的残余之渣，籍籍无名的外国小八腊子。

面对大江东去的现实，她们执著地恪守着残存的那可怜丁点的西方生活方式，包括那顶早已过时的插着羽毛的蛋壳小圆帽和鞋身已走形的老式高跟皮鞋，力图撑起一片与上海人不同的优越，行走在她们熟悉的街道上。但最终连这片自信都撑不起来！唯西摩路小菜场，尚留有一片她们心中仅存的绿洲，那里有特地为她们供应的，一般上海人见识都未见识过的洋食品——干酪、红菜头、莴苣、橄榄菜……上海的广博胸怀在此又可得到见证。

民以食为天，外国人也不例外，就为了一日三餐，她们也必须日日光顾西摩路小菜场。这就是为什么，在这一带老街坊心目中，西摩路小菜场总会与一帮低头不语、蹒跚而行的外国老太太联系在一起。

顺便在这里再提一笔，对一众小市民而言，西摩路有一道诱人的风景，就是有七十来年历史的老店"美心汤团店"。斜对着倨傲的荣公馆的小小只一间门面（60年代才扩至两开间门面）的美心汤团店，七十来年地址、门牌号都没有变。宁波猪油汤团是它的招牌产品，在上海滩，邻近钻石地段的南京西路的陕西北路上，光凭卖汤团可以七八十年不衰，每日客盈满堂，当属成功之例，值得现代认为唯有走高档路线才会赚到钱的商家研讨。

上海人推崇"小乐惠"，一度去"美心吃汤团"，也成上海小康人家一种合家消遣的节目——那时上海人胃口小，即使男女轧朋友去美心吃碗汤团，也绝不属丢面子之例。

对我们小孩子来讲，难得一个礼拜天不用上学，父母不用上班，本可睡个懒觉，但为了早点去美心抢只位子吃汤团，都会早早跳出热被窝连声催父母动作快点怕迟了要等台子。礼拜天阖家去"美心"吃早点，已成一个阖家欢度礼拜天的指定节目。

今日上海人嘴巴吃刁又怕血糖怕糖尿怕肥胖，很不屑这种重糖重油的土里八啦的"小乐惠"，唯我们这些在这里近头度过半辈子的老街坊，才会对那不起眼的熟悉铺面难舍难弃，时不时要去小坐吃一碗猪油汤团。有动迁他处的老街坊，也会特地转几辆车吃一客再带几客美心的宁波猪油汤团。

这种坚持用人手捏包的汤团一客八只卖4元，很有种温老暖贫的人情在其中。难怪今日在陕西北路威海路三角花园聚集下棋晨锻的老人，对话中总也离不开对马路那家陪伴他们多年的美心汤团店。

“……阿要皇（赌）一记东道喏？输了请你对面吃汤团……”

“……每日早上和老太婆打好拳回去，必要去‘美心’来一客汤团或八宝饭，这里住了一辈子，唯这点小乐惠是不肯放弃的……”

还是这句话，对一般小百姓，他对街区的感情和追忆，往往不在什么文化情愫，更在自己亲临穿梭其中的岁月。

三　太平花园——九龙的重庆森林

王家卫导演的《重庆森林》，其实讲的是九龙闹市尖沙咀弥敦道上一幢叫“重庆大厦”楼里发生的都会故事。

重庆大厦，是建于上世纪50年代末香港经济起飞时期的摩登大楼，想来在那个时代必定是十分风光的；位近如半岛酒店、香港大酒店等五星级酒店区，交通四通八达，又近码头区。那时入住重庆大厦的住户，都为非富则贵。有一位香港老上海，回忆儿时住在重庆大厦的单位里，那时单位内的保姆房面积，都要大过现在新式住房的主人房，他日日趴在窗台看野眼，往下望便是车水马龙的九龙南京路弥敦道。可见初时重庆大厦的气派，非有一般实力的住户或公司，在那年代还跨不进重庆大厦的门槛呢！

到了60年代，因为越战令大批美军来香港度假，因而也带起香港夜总会业的兴盛，正如那出香港电影《我和春天有个约会》所描绘的。在重庆大厦左右就是全九龙最大的"金冠夜总会"和"帝国酒店"，一时，重庆大厦所在的弥敦道，满街都是打扮艳丽、拎着鲜红的化妆箱、摇曳生姿的在各夜总会间赶场子的夜女郎！因为地理位置的方便，不少夜女郎索性在重庆大厦租楼开招待所。这些夜女郎中，不乏三年困难时期从上海南下讨生活的上海小姐，还有从香港的上海大亨李祖法开的、有香港百乐门之称的丽池夜总会来的旧上海头牌红舞女，虽然已徐娘半老，但她们穿旗袍的身影风韵依然，所以老九龙还记得，那时在重庆大厦出入的摩登女郎，常能听到她们声声吴侬软言。王家卫在《重庆森林》里特别要插一个潘迪华出演的上海太太，想来是有史实根据而不是凭空即兴而起的。

60年代正值越战时代，一批一批美国大兵从前线开到香港来度假，还有一团一团从日本或韩国来的寻芳客。一时，重庆大厦充满胭粉香脂之气，原先的住户和做写字间的公司先后纷纷从重庆大厦撤出，只怕坏了自己名声——那时一般香港本地人开的公司还负担不起重庆大厦这样级数和地段的租金——有人脑子动得快，索性将原先的单位再间隔成白鸽笼样小房间，装上独立卫生间，租给那些夜女郎做招待所。慢慢地，那些在附近夜总会做乐手或歌手的菲律宾人，也贪上下班方便借租这些间隔开的房。夜女郎中有不少是来自菲律宾、泰国、尼泊尔等东南亚国家，乡帮乡亲帮亲的，他们家乡父老来香港做生意找机会，就直接找到重庆大厦安顿下来。在这里，失落的乡愁得到缓和，游离的故土文化找到归宿……

就这样，重庆大厦因着上述种种原因身价大跌，连带精明的香港上海人都宁可放弃这块占尽天时地利之光的风水宝地。可见，胭花业是楼盘身价最大的克星，人人都如避瘟神样避着这些从业人员！从此，重庆大厦就成为王家卫笔下的《重庆森林》，龙蛇混杂，特别华灯初上之时，众多印巴男女出没其间，算命看相、卖笑摆摊，也有仪神俊逸的城中优皮，在同一条马路上穿梭往来，寻找城市灵感，井水不犯河水，各有各看地享受着这里的夜生活。

午夜前后，重庆大厦门前一带更趋高潮，一片光怪陆离，充满鬼魅；堕落与前卫，繁荣与放浪，在一片迷红幻绿中共冶一炉。

在香港人心目中，重庆大厦是一座代表邪恶的迷厦，但其实她不属红灯区，她只是有点变态，变态得很有特色，多了两分红灯区没有的含蓄。那满街的印巴籍人，一个个名正言顺、理直气壮，甚至有点凶巴巴地招徕着生意（都为走私货）。在正邪交融的模糊边缘，展示着一种极具波希米亚风情的人生百态，竟也可算香港一道风景。

近年港九夜总会业趋没落，连带重庆大厦内的住客和出入之众也换了一批，其主流仍是菲律宾乐手，或印巴尼的水客（走私贩）。底层商场尽头，摆开着数张折叠台，有点如大排档样的简易餐厅，常客都为一些穿着鲜艳色彩体型肥硕的印巴女人，整个底层商场活生生便是一个异国社区似的。

夜幕下的重庆大厦，当你穿过这样一个五光十色的由各色人种构成的市集时，你会有种晕眩之感，就是为了这种莫名的晕眩之感，我们会久不久来一次重庆大厦，体会这种晕眩，那如远远闻到大麻香的诱惑而起的晕眩！那或者也是，身在大都会才能体会到的晕眩。

重庆大厦内里，充实着怀才不遇的早 50 年前从上海南下的潦倒的文人骚客、生意失败的夜总会经纪人、来香港掘金的印巴人和菲律宾人。这里犹如一座文化的难民营，尽管乌烟瘴气，也别具一股激情茂发的生气……

我不喜欢重庆大厦，但我常常会想起重庆大厦。因为，我觉得她，很旧上海！她时时令我忆起就离我家一箭之遥的，位于今陕西北路（旧称西摩路）上的太平花园，也是一样富异国情调。据悉，那里曾是上海的南欧人集居的社区。

四　省港咸水妹聚集令太平花园沦落

太平花园，是西摩路上从北京西路至新闸路间延伸开的，足足占了这截西摩路差不多成条街的一片弄堂，对面正对着何东大豪宅。

太平花园，建造于 1910 至 1912 年期间，有说大房东是何东爵士，当今港澳娱乐大王何鸿燊的伯祖，后由一伍姓广东人买下成片弄堂，后来又转卖给中国融业公司。今位于新闸路江宁路那片香樟花园，为这位伍姓广东豪富私宅原址，中学时代曾进去玩过，内里有假山池塘，十分豪华。

太平花园在刚竣工时，属高尚住宅区，对象清一色为犹太人。

据说至今，美国人仍视犹太人为第一值得与之为邻的高质素人士。

犹太人在上海历史悠远，有关书籍都有详尽描述，这里就不再多噜苏了。

上海人对犹太人，有点不屑。上海话批评一个人小气，就用“犹太”两字来形容：“这个人犹太得很！”上海人说犹太人算钞票，十张一叠的拾元票面只数九张，因为数到第九张时看得见底面还有一张，就没有错；万一底面还有两张拾元，他也可以不露声色地多赚进一张……

早期居住上海的犹太人大多是有铜钿的，所以尽管海派与犹太风是很冲、针锋相对的，但上海人还是很买犹太人的账。

太平花园的市场定位，原就是这批富裕的犹太人。想来也是，离西摩路不远的哈同花园，就是犹太富商哈同的宅第，或许这一因素，凝聚了上海犹太富商在这一带居住活动，建立社区。

今陕西北路上的“上海市教委”，原来就是一所犹太会堂，是沙逊为纪念他的夫人而建造的，1920年落成。他选择这个与太平花园为贴邻的地方起造犹太会堂，想来也与这里犹太人集居有关系。1932年，造于1900年的上海犹太学校也迁入该会堂内新造的校舍——今背面沿新闸路围墙内，大约是为适应太平花园内的犹太孩子就近读书吧。

用今天行话说，太平花园为联体别墅，共分南、北和沿马路三列，共有十八只门洞，即为如一家住一幢，可容纳十八户人家。

南北两列联体别墅中间，是一大片草地和参天大树，供住户在里打小型高尔夫球，太平花园因此得名。因为采光等种种原因，北列近新闸路的比南列近北京西路的似居住层次更高。后来抗战胜利后，这里的住户已有了很大的变化，后文会提到。地产商重利只知赚钱

太平花园里出生的犹太小女孩

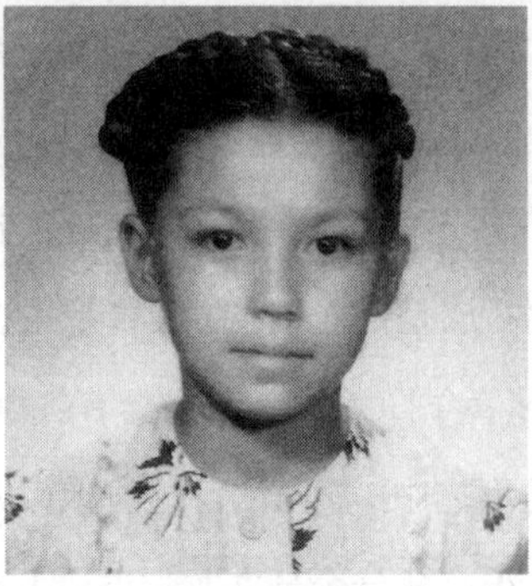

她的父亲是外国人，母亲是上海人。太平花园里多的是上海的蝴蝶夫人。

不考虑什么环保绿化，擅自砍掉大花园造起一列新式弄堂房子，至此太平花园身价已大跌，空有个花园之名，这一击，对它已无所谓，她的流金岁月早已消逝！

太平花园的黄金时代，应在建成至30年代抗战爆发前夕。

西摩路方圆一带老上海街坊，至今仍称那一列太平花园为“犹太房子”。太平花园的房子，富有浓郁的欧罗巴风味；高高的石台阶直通二楼门厅，宽宽的颇有殖民时期风味圆柱造型的石台阶的栏杆，我们小时候玩的积木盒里，常常有这样的造型柱式，还特别涂着金粉，很英国，很欧洲。底层是厨房间、汽车间和烧水汀的锅炉间。楼高四层，二楼（即英国人所谓的First Floor，英国人的一楼）为客厅与饭厅，三楼四楼分别为主卧室和起坐间及其他用房，内设雕花壁炉架，窗台也是精工细雕、配着沉实的木质百页窗，还各有一只罗密欧朱丽叶式的阳台。20世纪初，西摩路静安寺路一带尚属较冷落少人烟的高尚住宅区，为防绑票，这里的门框底脚都包铜皮，设有猫眼警眼。地板由两层铺成，第一层是松木，再在松木上铺上嵌花柳安。

九十多年过去了，今日太平花园仍挺有气派地踞守在陕西北路东侧，异国风味的外型之中，显出浓郁的海上市井之风，还有一派浸透红尘浊浪的戾气，很有几分今日九龙弥敦道上重庆大厦的神韵；她没有重庆大厦那样堕落，只是洋溢着一股沉浊深远的沧桑！

今日太平花园有点残黯感，毕竟经历了九十多年岁月的磨难，难得的是，她仍居傲如一位风烛之年的贵妇人，冷眼旁观着悲欢离合的世情。

今年95岁的太平花园元老住户黄伯告诉我，近十年常有外国老年游客专程来拜谒太平花园，他们大都是在这里度过童年的老住户或老住户的后代，几乎清一色都为犹太人。连带克林顿夫人，希拉里的父亲，原来也曾在太平花园隔壁的犹太学校就读过。二战期间，这所犹太会堂收容了两万个犹太人。

黄伯本是礼查饭店的厨师，因一手好厨艺被他的犹太主子，一个外科医生挖来他太平花园私宅做私家厨师，因而讲得一口流利英文，可惜只会讲不会读也不会写。

“外国文盲而已！”他笑嘻嘻地说。

去年曾有几个犹太老人特地来探访太平花园，这些犹太老人尚依稀记得有个在沿街铺面开杂货铺，并现做现卖香喷喷热腾腾的糖纳子的小伙子，原来就是黄伯。犹太医生回国后，黄伯就在这里沿街开了一爿士多铺，即为洋烟纸店。

黄伯好在会一口流利英语，故里重逢，分外激动，只是黄伯已记不起他们了。

为了表示对黄伯的感谢，其中一位拿出五块人民币作小费。

“犹太人就是犹太人，”黄伯宽容地笑着说：“也不是小气，他们习惯了精打细算。”

曾有传言，这些精打细算的犹太人，想来一定是早年在太平花园度过童年时光的住户或他们的后代，他们曾有念头想买回太平花园，以在上海建返他们自己的社区，后来没谈成，或许因为他们太小气了，开价太低。

黄伯告诉笔者，整个廿年代到30年代初，太平花园都为外国人住户。但住户层次只属犹太人中的小资一族——医生、工程师、洋行中上层管理人士，因这里是联体别墅结构，虽然建筑讲究，但没有独立可封闭的小花园，真正有钱的大班级外国人，是看不中这里的，他们会更中意独立有围墙的洋房。

或者正因为这个原因，太平花园内的犹太住户，少英美籍犹太人，多为意大利籍、西班牙籍和白俄籍犹太人。

犹太人生性省俭，他们多半由公司供给房屋津贴租住这里。

太平花园全幢四层大小有十几间房间，每层都设有独立卫生间和阳台，这些外国人在自己祖家都未必过得上这样舒适的生活，来到上海仗着一只高鼻头占尽天时地利之便。窃喜之余，他们还想再多赚点外快钱。

30年代上海经济繁荣，不但全国，乃至全世界的人，都蜂拥至上海寻找机会，因而带起上海住房租金狂升。那些洋人也学起上海人做起二房东，纷纷将多余的住房出租给自己老家来的同乡故里，二战开始之前，大批犹太人涌至上海投亲靠友，不少就直冲太平花园，如昔日华人到埠就找唐人街，为了多出租几间，这些外国人也将大房间隔成小房间出租，谋取高租金。

就这样，太平花园渐成大杂院，层次一落千丈，住户中以西班牙人和意大利人、葡萄牙人及菲律宾和白俄人为多，不少上海人，也开始搬进来，主要为从事以外国人为对象的服务性行业。

伪满洲国建立之后，虹口日本势力强暴，集居的广东人不堪日本当局的骄奢高压，纷纷搬离虹口至其他租界区，以西摩路地块最为集中，从而成为北四川路以外上海第二大广东人集居之处。

陕西北路原七一中学，就是旧时的广东学校崇德学校，内设用粤语布福音的广东礼拜堂，方便这一带广东人做礼拜。

广东人为啥选中这一带集居？

笔者私下是如此推测的。广东人极善从事服务性行业。特别善从事餐饮业、家政业——广东阿妈有“一脚踢”之美誉，大小杂务一手包揽从容不紊，广东大厨的技艺也是有口皆碑的，这一带又多广东籍富人豪宅，如何东爵士、南洋烟草公司老板简家、永安公司老板郭家、南阳路上大新公司老板蔡家、南阳路上广东地产大王甘家……中国习俗，同乡三分亲，雇主也喜欢雇同乡人。故而这一带广东人就较集中，他们在上海肯定也沾亲带故有不少故里老乡，有什么风吹草动，乡找乡亲帮亲的，就都聚汇一起方便照应。再讲，广东人从来是比较团结齐心的，喜欢抱成团。故而旧时这一带广东人较多，有几条弄堂如安乐坊、三元坊、西新别墅、包括后期的太平花园，以广东人多而出名。多为广东籍白领企业家。

另外，今陕西北路新闸路至江宁路这一片，即现在的静安面包房和上海大学现址，旧时为公共租界区的美军海军陆战队驻地，自有一批广东咸水妹专做这批美军生意。太平花园因贴近驻地，不少美军贪路近，就在太平花园内租一间房间包起二奶来。

有脑子灵光的上海人早就看到这里的生意经，顶下原幢房子间隔开来，做起包吃包住的“公寓”生意，即上海人俗称的旅馆。

“公寓”租期可长可短，长则一年三年五年，乃至更长，短则几个小时，可包伙食也可不包。

故而短短一条“太平花园”弄堂，弄内和沿马路，各种旅馆招牌林立，已成这一带西摩路的特色。但这些旅馆的名声较暧昧，除了外国人，一般正派上海人是不大会去光顾的。

此时的太平花园档次，已彻底沦落，酷似九龙的重庆大厦，一片乌烟瘴气，白白浪费了当年设计者的一番心计！那应是在30年代上叶。

五　百乐门金兰十姊妹

前文已提及，美海军陆战队的营房，带起了西摩路这一带的红灯业，不少咸水妹连带上海籍舞女，都在太平花园就近租房做生意。

黄伯尚记得，太平洋战事一起，美军陆战队撤离租界，太平花园内的石台阶上，处处可见与美国大兵相好依依惜别，抱头痛哭的上海女人。

自孤岛时期起，上海呈畸形繁荣。

离陕西北路太平花园一箭之遥的南京西路上，光从静安寺到成都路短短一截，已是舞厅林立：百乐门、新仙林、大都会、喜来临等，还有数不尽的咖啡店：康生、沙利文、DDS……这些夜总会舞林的兴旺带来了大批夜女郎。

黄伯回忆，当时的太平花园和南京西路上今静安别墅，是人尽皆知的出了名的舞女窝和洋琴鬼集居之处。或者因为上下班方便吧。据说那时上海人叫三轮车，明明是去太平花园，都要叫到陕西北路新闸路，宁可再走回头路，也不肯直接叫到太平花园弄堂口，可见当时太平花园名声之差。

然人都有羞耻之心。迫于生计的舞女也不例外。

那时好多夜女郎在太平花园租房间，都只为着做生意，她们本身

传言百乐门十个舞女结成金兰姐妹，号称百乐门十姊妹。

可能因为太平花园靠近百乐门和仙乐斯两大舞厅，不少舞女乐驻于此，拉低了太平花园的层次。

并不住在这里。每日她们衣着朴素，女学生样打扮的乘着三轮车来到太平花园，然后再在这里换上华装艳服，打扮得艳光四射的，在华灯初上时分去舞厅上班，第二天再换回朴素装束回去。可见，不少人是瞒着家人邻里来吃这碗心酸饭的。

为了节省开支，常有几个舞女合租一间房，同是天涯沦落人，为便于互相照应，这些舞女通常结成金兰姐妹。

黄伯讲，一度，这里的太平花园十姐妹，是太平花园内锋头最健的夜女郎。她们都是各在太平花园有一间甚至一层气派的房间的，布置典雅洁净。

“她们功夫极好，从看弄堂的私家巡捕到左邻右里，包括自己房东，都应对得八面玲珑，四周讨巧。打扮更是高贵大方，坐在三轮车上，只当她是有铜钿人家的太太小姐。”黄伯说。当年黄伯在沿西摩路的太平花园街面开了一家两开间门面的，专卖雪茄、洋酒、奶酪、巧克力等的洋烟纸店。常有警察来敲竹杠，白拿香烟洋烟，黄伯也不敢出声。一日，十姐妹中一个外号叫小猫咪的过来买酒，顺便问他生意好不好，黄伯不禁叹了几下苦经：生意难做，还有不时来吃白食的。

那位叫小猫咪的舞女倒十分仗义，当即柳眉一竖：“下次他再来，记住他肩头的番号，我帮你出头。”原来这位舞女小姐与警察局高层谙熟，果然没几日，那个“三六九”乖乖地来将钞票付清，从此不敢

不少舞厅乐手，俗称洋琴鬼，也租住太平花园。

名扬上海滩的鲁平乐队

再来白拿东西。

太平花园的十姐妹，与一般的流莺不同，她们没有那样破盆子破摔的自我放浪，或者毕竟在太平花园内租有一间带阳台的、正气的房间，内置全堂柚木家具的，在她们这只圈子内，已属佼佼者。客人拣她们，她们也要拣客人，不是什么人出了钱就叫得到。

十姐妹中至今只有小猫咪仍住在太平花园内，因她一向娴静知趣，邻里背地给她起了个绰号——小猫咪，今日小猫咪已 84 岁了，仍单身一人住在二楼朝北间。

小猫咪也是风光过的。那太平花园现居的三楼全层，原是她的第一个相好，一个在圆明园路开律师行的葡萄牙人为她用美金顶下的，她同他生了一个女儿。后来那葡萄牙人不见影踪，她又同一个美国人生了个女儿。美国人又走了，她再跟了个在曹家渡开胶布厂的上海人，生了两个儿子。所以讲，她四个孩子，三种脸孔。

都讲精明的欢场女子都是不会让自己怀孕的，或者这只小猫咪一心想用孩子来拴住男人的心？她或者一心只想安定下来相夫教子，过一个普通主妇的生活！哪怕是做外室，但只要安定下来不再去卖笑，有一个家！

那个上海老板同她生了两个孩子。他每周过来两天，听讲他那一头正式的家就在今延安中路上的四明村。

三反五反时那个老板出事了，从此再不见他来太平花园。

小猫咪开始卖首饰，卖地毯家什。黄伯犹记得，她抱了一件金钱豹皮大衣去寄售店卖，卖了125元人民币。

“真正的金洋钿豹皮呀！一只只墨圈有这样大！”黄伯用拇指和食指比划着说，“小猫咪这点私货不得了，钻戒都有黄豆般大……”

然坐吃山空。为了养大四个孩子，小猫咪日日坐在里委门口要工作。里委考验她，让她去拉劳动车车泔脚，她咬牙挺下来。

“不容易呀，这个女人我真服了她！”黄伯啧啧称赞着，“她千金小姐样一个呀，十指尖尖留着长指甲，指甲油抹得血红锃亮的那样一双手呀！”

一直觉得，舞女是旧上海女人中最不可思议的一簇。在人欲横流，道德沦丧的边缘，她们清轻的理智与浊重的犯罪感互相交融，顽强地接受着他人异样的目光，坚强地活着。难怪，舞女一角，一直是电影、小说中的题材。

小猫咪就是这样，拉劳动车拉到退休，总算也得到回报，她养大了四个儿女，遗憾的是老大，一个漂亮的混血儿姑娘文革中自杀了，老二现在美国，老三也搬出去住了，老四做房地产发了财，据讲有车有别墅，浪头比当年做妈的恩客不知要高几倍。小儿子有良心，周末常开车来接老妈出去。

邻里半真不假地对她说：“小猫咪，为啥不搬去与儿子一起住别墅去？你养大他们不容易，名正言顺该享小辈福了。”

小猫咪只是微微一笑。

当年咬牙拉劳动车最大的受惠，是现在她每月有七百多元的养老金和医保，向来聪慧的她，就用这么点钱，将自己生活安排得精致又充满尊严。

她织得一手好绒线，自己的手套、绒线衫，甚至酷似粗花呢的绒线大衣，乃至现今上海滩上最时髦的波希米亚式大披肩，她都织得出并立时展现在自己身上。她还热心帮邻里小孩子织绒线，就这样她从早织到夜，手肘上总挽着一包绒线生活。

每天清早她带着一包绒线去近头的西康花园，她与那边晨运的老人从来不搭理，只是在太阳阳光里晒得暖乎乎的，她的朝北房间是见不到太阳的。就这样，埋头织绒线，织到中午时分，就将绒线生活一卷往布兜里一塞，去陕西北路上的“美心”吃碗鸡丝煨面或素交面，再买一客生馄饨带回去做夜饭，日日如此。下午小睡片刻，又开始做绒线生活。对窗的邻居，日日看到她坐在窗前藤椅上飞针走线，哪怕炎炎夏日也不例外，放一把芭蕉扇在膝上托着毛茸茸的绒线生活，空调也不开，仍笃笃定定地做她的生活。

早上西康花园老人常聚在一起跳交谊舞，她在一边织绒衫连眼皮都不翻一下。

老街坊裘伯，以前是在北京西路开设专门清洗地毯的店铺，公私合营后并入某洗染大集团。从前也是个欢喜跑跑跳舞厅的小老板。上世纪80年代上海兴交谊舞热，很多单位逢年过节都会有舞会。裘伯公司在静园舞厅也包了一场舞会。裘伯脚痒痒的一心想露一招，瞒着太太邀小猫咪做舞伴共赴舞会。或者因为是几十年老邻居，小猫咪也着实听到舞曲就会脚痒，也就欣然前往。

那晚，他们这对舞伴风头出足、冠盖全场。小猫咪那时才六十出头，身材依旧轻盈苗条，穿一身自己编结的可体绒线裙。但凡做过舞女的都有这点本事，可以迁就任何舞艺水准的男伴，令他们自尊得到极大的满足，自以为自己跳得很好。一时，从总公司领导到一般职工，都纷纷邀小猫咪伴舞，其中不乏刚刚迷上交谊舞的小青年……

裘伯记得，那晚小猫咪跳得很开心：恰恰、布鲁斯、杰得巴和华尔兹，一只都没拉下，从头跳到结束，邀舞的没有停过。

不知怎样，消息传到裘伯老婆耳朵里了。她开始在弄堂里，公共电话亭口，阴阳怪气地讲开了："跳舞跳得好有啥稀奇，老本行来着……可惜年纪不饶人呀，想从头来过？没那么容易！"反正从此，再也没听说小猫咪出去跳过舞。

百乐门十姐妹早已成过往烟云，太平花园的街坊，也已换了一批又一批，但小猫咪的身世，总是一代一代往下传，在历史灯影的回光里，她的身姿，注定永远带着凄酸！

所以她只好选择编结，一项无需互动就可独立完成的劳作，在单一重复机械的动作中打发着时光，甚或是赎罪？她那亟亟不断的编结手势，令我忆起安徒生童话中“野天鹅”那位小公主，魔咒令她的十二位王子哥哥变成野天鹅，要破咒救赎他们的唯一办法，就是她必须为他们编织十二件麻衣，在未完工前她不能开口说话……就这样，小公主成为一个哑巴，在人们怀疑、猜测的目光中默默编织；因为她常要在夜晚去墓地采撷蓖麻，又被人诬为女巫，连带新婚的丈夫也对她怀疑，她只是清者自清地沉默着，手里仍不停止编织，直到去刑场的囚车里，她还在编结着，不停地编结着……

这位已八十几岁的小猫咪，在不停不息的默默的编结中，企求救赎的，是自己一度沉沦过的灵魂吧！……

很想让黄伯带我去拜访一下小猫咪，但还是算了，让她安心编结吧！

六　上海版的蝴蝶夫人

太平花园某号的玫瑰公寓是开业于1930年的前文提到过的那种

包伙食的公寓，与其他太平花园内的公寓一样，独幢共四层楼，收拾得干干净净。底层是厨房和老板的办公室，楼上全部做客房。与其他公寓不同的是，玫瑰公寓没有间隔成白鸽笼，而是很正气地保持原先的花园洋房布局。因而其客人也层次高点，几乎清一色为欧美人士，租住时间也长点，流动性较少、不少是两夫妇，白天双双上班去，男的多为公司洋行小职员，太太多为文书、店员。当时开在静安寺路（今南京西路）上一家叫“锦发”的专销女士内衣丝袜的铺店，就是一对意大利籍的犹太夫妇经营的，他们就曾住在太平花园内这类层次较高的公寓旅舍内。

这样的公寓内，也寄居不少中西异国鸳鸯——先生为洋人，太太为上海人——大部分是广东籍的上海人。但凡嫁给洋人的上海太太，与洋太太不同，这些上海太太大多脚跷起在屋里叉叉麻将，小菜烧烧，做起名符其实的太太，其实十有八九不是正牌太太。

旧上海洋风再开，上海小姐嫁外国人，特别是太平花园里的蹩脚外国人，始终是不为世俗所容，连带生出来的混血儿，都会被背地嘲一声“杂交种”，在这方面，上海人远没华南人走得快。

反过来，旧上海先生外出留学时带回一位洋太太，或也会有点阻力，却全然不同上海小姐嫁外国人。如海上名医高镜烺与他的德国太太；海上豪门，龙潭水泥厂姚家公子与他的德国太太；海上内分泌

太平花园犹如联合国，中外小朋友融洽相处。这是 20 世纪 40 年代的太平花园。

外国小朋友穿着中式棉袍，与小伙伴玩得多开心。(摄于 1945 年)

专家邝安堃与他的法国太太……哪怕平头老百姓讨个白俄太太，也不如上海女人嫁外国人那般会招人在背后议论纷纷。西化如陈香梅这样一位作风大胆的女记者嫁陈纳德，在当时上海主流社会对她此举也是有点说法的，再者说到底，陈香梅还不是土生土长的上海人，她似是广东人。

当时上海大家闺秀不肯嫁外国人，皆因来上海谋生的洋人大多数彼时都不属其所在国的优秀人才，或在本国主流社会中属不大吃得开的，他们来到半殖民地上海，仗着西方文明的现代化自恃高人一等，以白马王子自居，一心想玩转上海的东方娃娃。

上海主流社会的女白领和女大学生，早就看穿这批无根底居无所来去如天马行空的洋人西装革履下的实质；而真正洋大班的公子，一般是不大会娶异国女子的，因为当时的英国是等级层次十分分明的，英国上流社会中去远东娶亚裔的男士归来后每每会被视为边缘人。

直到上世纪 40 年代初日本人进租界为止，嫁普通洋人的上海女人，大半仍来自低下阶层的，从事服务外国人行业的家庭：如西厨、外国人家做阿妈的，或做花匠园艺司机看门侍应的，知外国人生活质量要高过上海人，赚得也比上海人多，这些人较熟悉外国人的生活方式和规矩；还有一批嫁外国人的，就是一班出来做生意的（指不正经的），这批女人以广东籍为多。

总觉得，旧上海直到文革结束初期为止，上海女人嫁欧美男士的现象背后，有种严峻的、成因复杂敏感的社会因素：想深一层，与其说是异国情愫，不如说是婚姻难民。

英美社会，特别欧洲社会，其实是十分沙文主义的，如前文已及，视娶亚裔女子为妻者，在其国极易受疏远和排斥，特别在上世纪二三十年代，除非如哈同、圣约翰大学第一任校长卜氏那样，铁了心在上海扎根做外国上海人，一般很少正式将中国太太带回老家；我们知道的这样的催人泪下的爱情版本还少吗？从最早的“蝴蝶夫人”到上世纪60年代香港的“苏丝黄”到70年代的“西贡小姐”，男主角几乎清一色都为英美水手或记者，是因为水手和男记者的形象更易显出“汽笛一声催肠断，从此相隔两茫茫”的断线风筝般的渺茫吧？相信其中，也湮埋了众多披着迷人浪漫的异国情侣外衣的，上海小姐独吞被遗弃苦果的事例，一如前文太平花园中提及的那位外号为“小猫咪”的百乐门十姊妹之一。

1937年的西摩路，还是上海孤岛时期一片畸形繁荣的板块。

一天，一位剽悍的美国水手带着他年轻的上海太太（情人）来到玫瑰公寓，要了一间全幢楼最好的三楼，朝南带一只沿街的罗密欧朱丽叶式小阳台的房间，上海太太微微腆着肚子，已有喜了。

八十多岁的当年玫瑰公寓的老板的女儿罗妈妈讲起往事，仍历历在目。

当时罗妈妈还是太平花园对面“崇德学校”的中学生，闲时也帮父母打理旅馆生意。

“那美国水手一只犹太脸孔，是罗宋人来着，讲起英文来卷舌味很重。小时候跟着父母从苏联逃到上海，所以会讲几句上海话的。后来七弄八弄在美国商船上做水手，额角头倒蛮高！”

那怎么会确准他是犹太人？

“……他讲的，他长年行船不大会在上海，万一太太养了，他已托好同弄堂的几个犹太人，去隔壁西摩路公堂（今陕西北路 500 号）请拉比为孩子受洗……”罗妈妈说。

记忆中，这位美国海员很客气，出手也大，即时将一年的房租都付清。那女人只是在一边笑着一声不响，穿着件黑白人字呢长大衣，乳白色的半高跟皮鞋，烫着一头披肩鬈发，十分洋气——嫁外国人的都比较洋气点的。她叫阿 May。

“大肚皮还穿半高跟皮鞋，将我娘吓了一跳！连忙逼住她换上绣花鞋——在我们玫瑰公寓跌一跤出啥事件，责任重大呀！”罗妈妈絮絮地说。

“那……阿 May 漂亮哦？”

“……”罗妈妈迟疑了一下，“我看看是呒啥好看，单眼皮高颧骨扁鼻头，不过外国人眼光与我们完全不同……阿 May 身段蛮好，虽然肚皮有点隆起，但还是风头蛮健的，人长长的腰节高高的，讲一口宁波上海话。”

这位阿 May 宁可选太平花园的公寓做月子，想来也是想避开一班喜欢说东家长西家短的上海街坊。

初时那美国海员隔三差五常来吃五更煨饭，后来就不见他来了，阿 May 说他出海了。

那美国海员常有信来，阿 May 是英文文盲，只会讲不会读，更不会写。于是，玫瑰公寓的老板——通常做这营生的都是外国人家做西厨或仆欧（boy）出身，英文应该都可以的——就专为她读信写信。

“阿 May 运道高的，碰到这个外国人算好的，有良心的，一直寄铜钿来……”罗妈妈说，“否则，像我们弄堂那个‘小猫咪’多少苦！不过阿 May 人交关和善，交关讨人欢喜，烧得一手好菜。她最拿手的一只看家菜叫‘五更煨饭’，她在那外国男人回来前一日，就开始准备了……”

“她的外国男人不出海时也不住这里的？”

罗妈妈意味深长地瞄了我一眼：“……这里公寓讨上海太太的外国人，多是不住这里，最多隔几日来一次望望。”

何谓五更煨饭？原来是以去皮去头去骨的田鸡肉做主料，密封隔水炖四到六个钟头，滗出原汁的田鸡混入米煮饭，再将田鸡肉少油加入姜略炒，铺在饭面上……田鸡肉不属金贵，但光看这工夫！为啥叫五更煨饭？据说就是因为工序复杂，所以非要早上起五更就开始张罗了，才煮得出这样一小碗煨饭，与其说其味美，不如说是内中一片情深！

1937年在“八一三”的炮声中，一个漂亮的混血女孩Rose在玫瑰公寓诞生，取名Rose，就是玫瑰的意思。

据史载，在当时上海这所世界上唯一的犹太人避风港里，从1930至1941年日本人进租界前，共有408个犹太婴儿在上海的土地上诞生，Rose应属其中之一。而太平花园隔壁的欧黑尔·雪切尔犹太教会堂，二战期间曾是两万多犹太人的避难所！

直到太平洋战事起邮路中断为止，罗妈妈记得Rose的爸爸按时有信和母女俩的生活费汇来。为了母女俩生活舒服些，Rose爸爸特地写信回来，让阿May把宁波乡下的母亲和妹妹接出来照顾她们。

“阿May在这些跟外国人的女人中，运道是最高的。她那时过得多惬意，一天到夜麻将叉叉，闲时小毛头抱抱，立在阳台上太阳晒晒，看到相好的街坊在下面路过，就约上来做麻将搭子，但逢家中煮了好菜，也会邀人便饭。玫瑰公寓的老板娘母女，三日两头在她家开牌局。”

Rose 渐渐大了，与一班弄堂里的外国小朋友中国小朋友都玩得来，讲一口宁波腔上海话。

父亲思女心切，所以过不久，妈妈就会带她去照相馆照个相寄去。

“外国人女儿宝贝的，阿 May 也是聪明人。女儿从小就是照足外国小人打扮，这样大的洋囡囡也买给她，Rose 小时候这点行头，在太平花园也好算算了。”

珍珠港事件爆发了，太平花园的英美外侨相继被关进集中营，连小孩子都未能幸免。Rose 靠着她那一口宁波上海话和一半中国血液，再换上一身邻里送的小旗袍，成日混在一簇上海小朋友中造房子、办家家，居然在日本人眼皮下（太平花园隔壁的原美军驻地，当时为日本宪兵部）逃过大劫。

1941 年珍珠港事件爆发，水路邮路都断了，Rose 父亲的汇款和信件也断了，Rose 一家四个女人顿失经济来源，一时连房租都交不出。

善良的老板劝慰她们，大家有饭吃饭，有粥吃粥，将来等 Rose 父亲回来再讲，现在什么都不要多虑，先度过眼前时期……

所以讲，上海人并不如人们传言的那样小气，锱铢必较的。

后来日本人投降了，二战结束了，航路邮路都通了，Rose 父亲的信和汇款也准时抵达了。只是，再不见他回太平花园吃“五更煨饭”，不过，他仍要求不断寄女儿 Rose 的照片给他。

1949年Rose 12岁那年，父亲托人给母女俩送来两张上海去香港的船票，阿May和Rose母女俩就这样匆匆离开上海。

七　重归太平花园

2002年冬至夜的上海，一位美国朋友打电话问我："西摩路现在叫什么路？"

"西摩路现在就是陕西北路！"

"有个美国犹太人要回西摩路寻根，你能帮帮她吗？"

"为什么会找到我？"

"因为你在编'上海辞典'！"

一笑。

不过，这个朋友可真找对我了。

她那个朋友已不记得当年的门牌号，但记得那叫玫瑰公寓，正对着气势豪华的何东大宅！

我顿时心里有了底，刹时浮现出那列犹太房子。

"我叫Rose，是从圣地亚哥来。我就生在西摩路玫瑰公寓，一直住到12岁时才离开上海……"

Rose圆圆丰满的白嫩的脸庞，黑褐色的泛着大波浪的发式，是上世纪 60 年代“文革”前上海很流行的……反正，猛一看，她很上海。

“我妈妈是上海人嘛。”她说。

“你会讲上海话吗？”

“一眼眼（一点点），在美国、中国香港，我一直与妈妈讲上海话。”她那字正腔圆的老派上海话让我吃了一惊。

更让我吃惊的是，她掏出两张泛黄的老照片：她与一簇中外小朋友，还有一只叭儿狗，伏在那令我常生遐想的，那可口可乐瓶似造型的石栏杆上。原来，那是太平花园呀！

当 Rose 来到故居前，看到门牌号依旧未变时，激动得流下眼泪。

原来在凡胎俗骨的尘世闹市小街，我们也常常会与传奇不期而遇。

“小时候尚还不觉得，这一截街面原来是那么欧洲！”Rose 说。

我们不得不承认，欧洲的建筑史，是欧洲文明发展的一大脉络，这一点，是美国建筑师与之迥然有异的。美国建筑师作品的历史比较单薄，也更予人以现代的新颖感。

旧上海的建筑，无可避免，充满着浓郁的欧陆风情——有一个专业名词称之为殖民风格，上海人一度极力想冲淡殖民历史的耻辱，很多旧建筑一一给拆毁，包括汇丰银行门口那对铜狮，波特曼现址，原

在太平花园度过童年的外国人，饶有兴趣地在老邻居家翻看老照片。

世界仅存的那幢文艺复兴时期的汇丰大班住宅，还有虎丘路 50 号的原犹太教堂……代之以美式的几何线条的摩天楼，组合成现代化的幻影……

但凡上了点年纪的人，从审美到美食口味还是倾向欧洲的，虽然今日欧洲的老牌帝国早已衰退，但那上承马可波罗的余勇，披着传教士使命的，百多年来浪迹远东的他们的祖先在该地留下的文化遗产，应当说还是丰硕可取的，不论是硬件还是软件！至少是值得凭吊的！

我们忐忑不安地踩上那曾印着 Rose 父亲送着怀孕的阿 May 上来的脚印的石台阶，拉响了门铃。

一位六十来岁的、上海市中心街头常会见到的、白净斯文谨慎的先生，将沿街大门启开一小条缝警觉地询问我们找谁。

为了证明我们不是上门白撞，我们向他出示了 Rose 童年时在这里大门口石栏杆上的留影。

他疑惑地接过这张泛黄的照片，突然一改上海中年先生特有的拘谨，一把抱住 Rose：“原来是 Rose 回来了，我就是大铃铃！”

他就是照片上挨着 Rose 的那个小男孩！

他们从小是玩伴，大人们戏耍地教他们互称对方母亲为“丈母娘”和“婆阿妈”。

“姆妈，Rose 回来了！”大铃铃仰脖一声叫。

Rose 她已 65 岁，与祖籍为葡萄牙的丈夫相亲相爱，有六个孙儿辈，是位退休的精算师……她再也没有想到在她 12 岁离开上海直到 65 岁再回来，幼时的邻居罗家，却如一棵将根深深扎入土地的大树，仍守在这里生生不息，坚定不移。

生活以至生命里头，都有定律。星河运行，有一定的轨道。一切一切，原来都是有秩序地生生不息。

有时，生生不息的秩序总令人觉得刻板，令人窒息。但当我们看透世情从而生出一种世俗的成熟时，不经意的一个回眸，发现那走过的记忆，别来无恙。风物依旧之时，我们会对那看似刻板的常规、秩序、定律心存感激，为其牢不可破的生命力折服！

一个胖墩墩的富态老妇人喜孜孜地迎下来，她就是我们已认识的罗妈妈。“是银娣回来了！”她还叫得出 Rose 的中文名字。

她叫银娣——领弟，或者她的妈妈，还渴望着与那美国海员再生个儿子吧！

大铃铃家住在二楼，原来 Rose 住的房间已由一家公司做办公室，且已完全改装过了。

原来的玫瑰旅舍后来公私合营，二楼仍留给原老板居家用，其他部分就作为区服务公司的物业，再后来，老板夫妇双双去世，作为他们女儿的罗妈妈一家，就一直住到现在。

二楼南北共三大间，十分敞亮宽爽，住着罗妈妈的两房儿孙。钢窗蜡地、煤卫独用，早廿年，在上海属入流的居住条件了。

“你看看这结构，多扎实！”罗妈妈指指高爽的足有三米七十五高的天花板，二尺多厚的窗台墙面，十分满足：“这辈子总算一世住的好地段好房子！”

笔者这是第一次进入太平花园内脏。

罗妈妈家的席蔑图案嵌花打蜡地板拖得溜光的滑，光可鉴人。

“我们小时候我爷还要我们跪在地板上，用钢丝棉花角角落落都擦过，末了他要用块雪白的毛巾来鉴定的。我爷外国人屋里做仆欧(boy)出身，收拾卫生顶真得不得了。因为，外国人最要干净！”罗妈妈说。

黑橡木的雕花壁炉黑橡木门框，一套Rose尚记忆犹新的老红木卧室家具。

“这是我爷娘留下来的。”罗妈妈说。

墙角一只橡木银器橱，室内阳台上一只鸭蛋形的乳白色手雕茶几，默默显示出这是一个洋派的有点家底的老上海人家。

接下来是一大堆琐琐细细，滴粒笃漉的上海人家的老话，一幅幅喧喧闹闹，营营役役，舟车劳顿间张罗柴米油盐的上海小市民“浮世绘”浑然天生，就有了上面这段上海小姐阿May和美国海员的故事！

Rose想到隔壁自己母校——那所犹太会堂去看看，这所学校在太平洋战事后，即由白俄犹太人代管，已没有希伯来语教学，只偏重英文和速记，木工缝纫等应用技能课，但Rose在1945年二战胜利后才入学，故而一切已恢复正常。

因为此犹太会堂已入选2002年世界纪念性建筑遗产保护名录，并被列为上海市优秀近代保护建筑，因而门房不让我们入内。

Rose只能站在电门外，眼睁睁地望着外立面布满长青藤的会堂，但见冬日里的最后几片秋叶在夕阳中不时飘落，这座官名为欧黑尔·雪切尔的犹太教会堂，宛如一位历经沧桑的老人，安详地坐落在常绿树丛中。

Rose向罗妈妈问起她的外婆、阿姨的下落。

"……后来上海解放了，生活倒也挺稳定的。我让你外婆和阿姨换到了二楼亭子间去，如是房租可便宜点，开销可省点。但等了一年二年，你们那边都没消息。听讲你姆妈走时，是留给你外婆一笔铜钿的，但坐吃山空呀！阿拉爸爸妈妈是劝她们尽管住下去，上海沦陷那阵，你爸也是断了几年信息，阿拉大家不也是一起熬过来的？你那时还小呢！不过，毕竟时代不同了，这玫瑰旅舍已不是我爷可以讲了算的，没可能无缘无故白养着不相干的一家子，人家要起疑心的……"

算来算去，觉得还是宁波乡下开销省点，决定还是回宁波老家

找到当年故居，万分激动。

吧，至少那里有祖屋住不用交水电费。

玫瑰旅舍老板夫妇一再向Rose外婆保证，外面的阿May一旦有什么消息信件，一定转交给她们。

只是后来，玫瑰旅舍合营了，老板调往不相干的烟糖公司去。后来，玫瑰也并掉了，阿May有信件来，也被当作"查无此人"而退还。那时的人，将中国香港、美国看作传染病疫区，躲都来不及，还有谁去管这闲账！

"外婆十分疼爱我，日日放学后来这里接我，一定不忘记给我买一只香喷喷热辣辣的烘山芋回去，那种淌着黏黏的糖水的烘山芋……外婆叫这为栗子山芋！"

Rose凝视着夕阳西下中的会堂，沉浸在当年回忆中。

晚风拂来，带来一股香焦甜烂的味道。

"烘山芋！"

我们异口同声地叫起来。

原来，门口两个保安正在吃烘山芋。

"阿好让我吃一眼眼？我想这物事已想了五十几年了！"

Rose突然上去用一口老派上海话说。

"咦，这个外国女人一口上海话讲得介好！"

门房惊喜地啃了一声，连忙拗下半截烘山芋给Rose。

Rose大口大口地吃着，不理她的女伴在一边急叫：“喂，你有糖尿病的！……”

门房大受感动，果断地将电门一开：“好，进去吧，不过，只能在三公尺范围内……”

拍完照再出来，已是华灯初上时分。沿陕西路一带有许多小饭店、小吃店、美容店，入夜后，门前亮起用串串小灯珠织成的灯网，别有一种迷人的艳丽和幻美，虽不能与隔一条北京西路的南京路上的灯火相比，却恰成一种对比，都各具鲜明的文化性格，在那一片城市的艳火里，都蕴藏着众多不可知的人世悲喜！

老上海人家都有留饭习惯，不在菜肴好坏，哪怕临时炒一碟鸡蛋，主要是一份留客的诚意。

罗妈妈苦苦留我们在她家便饭。

Rose也还没有聊够，于是，就老实不客气坐上罗妈妈的红木八仙桌。

如同大多数上海先生都擅长厨艺，大铃铃麻利地在厨房里“唧唧哐哐”地忙活了一阵，热腾腾的四菜一汤就端上桌。

一只清炒虾仁，一只青菜油面筋，一砂锅浓油赤酱的栗子红烧肉再加一锅线粉鱼汤，再有只番茄炒蛋是添菜。

上海人家家常便饭这样丰盛，着实令Rose大吃一惊。

Rose 尚记得儿时吃次红烧排骨已算添菜，特别宁波人，一碟黄泥螺可以送三碗白饭呢！

“呃”，罗妈妈不在乎地扬扬手：“上海人现在日子好过，谁还会在小菜铜钿上苛刻自己！我一个月千多元退休工资，吃点总归绰绰有余了。”

“你会烧五更煨饭吗？”

一直沉默不语的大铃铃不鸣则矣，一鸣惊人。

“五更煨饭？”Rose 用宁波腔上海话重复了一下，“你也知道五更煨饭？听姆妈讲，那是一道很花时间的菜。姆妈讲过，哪日等爸爸回来了，她会烧。”

只是，父亲终究没有再回来。

看来，不论是“五更煨饭”还是女儿，都唤不回这个剽悍的美籍犹太海员的心。

不过，他一直照顾 Rose 母女俩。在香港，Rose 母女住在半山的干德道上，Rose 得以入学著名的贵族女校玛利略书院……后来，又帮助她们定居美国。

不管如何，Rose 回到太平花园，为我这段“太平花园”文字，画上一个圆美的记号。

正要结束全文之际，看到英文版《读者文摘》上有一则花絮：

伦敦的古董街高云花园正在拍卖一批上世纪一二十年代的旧行李箱，那种八只角都包上金属片的、浅棕色麻纤维面料的行李箱诚然不是“路易威登”这样的顶级名牌，但那贴满了跟随主人浪迹天下的各城市关卡的标签，已是现今最吃香最过得硬的品牌之王，浸润着时光的云情雨意，令人浮想联翩。特别其中一只，赫然贴着SHANGHAI, June 4, 1935 的标签！

顿时，眼前浮出清晰的一幕——在一个细雨绵绵蒙蒙的上海的黄梅天，一个神情疲乏的老外压着顶鸭舌雨帽，穿着一身皱巴巴的在新时看上去也是旧塌塌的卡其风衣，在雾气和蒸汽弥漫的上海公平路船码头拾级而下，皮箱上那只刚刚打上去的墨绿色的 June 4, 1935 的印记，在一片烟蒙雨晦中十分醒眼。

行李的主人登上一辆黄包车：“Pacific Garden!（太平花园）！”没有路名没有门牌号，黄包车夫老马识途，一声“Yes”，就拉起车子捷跑。通常，从船码头下来的洋人，不少就是直奔西摩路太平花园，从而展开一段他们在远东的传奇……

绿屋情缘

一

知道铜仁路三百三十三号门牌的老上海不多，但提起哈同路（今铜仁路）上绿房子，十有八九老上海都知道：贝家女婿吴同文的公馆。

哈同路上多豪宅：哈同花园、永安家族郭氏公馆、报业巨头史量才公馆、南洋烟草公司简家公馆……然要豪华得如绿房子这般华贵又现代精致，怕连年轻她一个甲子的上海商城，都要自叹不如。

难怪1938年，这座绿房子竣工之日，总设计师对吴同文说："我可以向你保证，即使再过五十年，这幢房子的现代感仍是超前的，哪怕再过一百年，我相信她仍不会Out（老土之感），我想，她应该可属Classic（经典）之列。"

为保证这有可能入经典之列的绿房子为世上独一无二的，吴同文连设计图纸也买断，锁在保险箱里。1939年的上海英文报《中国日报》，曾专门报道这幢绿房子："……此幢建筑，是全远东区最豪华的住宅之一，为沪上颜料大王D. V. W.（吴同文英文名缩写）先生的私宅……"

为一睹这幢在1938年已被称为超现代的远东第一豪宅，当时燕京大学校长司徒雷登，特地登门造访绿房子，并应屋主吴同文之邀，在二楼鸭蛋形的大理石餐桌上，共进晚餐并合影留念。不料就此埋下一颗在1966年夏天爆炸的、置吴同文于死地的定时炸弹——“毛选”中一篇《别了，司徒雷登》，你吴同文却与他把酒言欢，有照片为证。

1948年圣诞前夕，此时蒋家王朝已岌岌可危，有某国外交官，愿以一条万吨邮船再加五十万美元现金的代价，买下这幢绿房子做领事馆。此时，吴同文的大公子已赴香港，二公子为圣约翰大学毕业，当时正血气方刚想大展鸿图，极力怂恿父亲卖掉绿房子，拿下这条轮船和五十万美元现金，南下香港东山再起。

“……听讲，南京快不保，房子这物事，带又带不走，藏也藏不掉，万一有啥风吹草动，还真是只大包袱呢。”二公子极力说服吴同文。岂料吴同文桌子一拍怒斥儿子：“没出息的小子，我做父亲的还没死，你倒已来不及要分家产了。我吴同文为人不做亏心事，夜半敲门不吃惊，共产党能拿我怎样？就是死，我也要死在绿房子里。”不幸此话一言道中。

他60岁那年，1966年8月，自杀身亡在绿房子里，伴他一起自杀的，是他的姨太太。

说到吴同文，也是位海上奇人。

他生于端午，偏偏生肖又为蛇。命相中，这样的命格，属十分“凶”和“毒”。这里的凶毒，我想是充满大起大落、传奇惊险之意吧？

吴家是海上望族，老宅在黄陂路嵩山路口，那种清末的、位于上海延安中路830号上的地产大王严家老宅，解放后成为上海仪表局的机关大院。此为严家老宅沿街楼面，主楼在后面一进。严家属传统低调保守的老派商人，故住房设计与新潮的姻亲吴同文的绿屋相距甚远。

爱玲小说里常出现的中西结合的老式洋房："堆花红砖大柱支着巍峨的拱门，楼上的阳台却是木铺的地……"在沪上属早期的新式洋房，到了30年代后期，自然属老式了，难怪吴同文要煞费心思，为自己重新营造一个现代家园。

中国人对土地、对房子，总有一股难舍的眷恋，即使在十里洋场的望族成长的、西化洋派的吴同文，也不例外。房子是中国人的王国，不理华宅美厦，还是巴掌大一只亭子间，圈地为王，在这内里，一切由我说了算，也是一种心理平衡。

今已拆除的黄陂路嵩山路口的吴家老宅，与不久前刚拆除的贝家百年老宅相邻，吴、贝两家都是上海滩上以颜料起家，分别被冠为颜料大王，后来又结成儿女亲家。两亲家间，有时也要别别苗头。

当初吴宅为什么要与贝宅两大豪宅为邻，百年前之事已无从考证。

但1938年吴同文的绿房子竣工之后，成为上海滩上首家装有电梯的私人宅第；贝家不甘落后，即时在今南阳路西康路口，与绿房子

绿屋主人吴同文(左一)在女儿的订婚宴上。后面的乐队 LOBING 就是当时著名的“罗平”爵士乐队。

20 世纪 50 年代绿屋内的一场 party,后排右三为屋主吴同文;二排右七为女主人、贝聿铭的九姑妈贝娟琳;三排右四为吴同文姨太太;二排右六为吴家大千金吴锦芳(我婆婆);前右三为吴家幺千金;前左一为吴家二公子。

隔一条横马路，起造新公馆，四层楼的豪宅也安起一座电梯，成为沪上第二家私宅内装电梯的公馆人家。不过，南阳路上的贝公馆与铜仁路上的吴公馆，无论是设计创意还是内部布局，相差甚远，关键全在设计师的质素，这里暂且按下不提。

大户人家也有不称心之憾事。吴太祖和太夫人，早先住在城里（南市），小刀会之时断粮封城，老两口活活给饿死。后来第二代经商颜料发家致富，偏偏一门四千金，独缺男丁，偌大家财没一个接班人，总是憾事。

此时四千金吴家四小姐尚未出阁，娘家父母已双亡，却无人继香火，始终是这位四姑小姐的心病。

日有所思，夜有所梦。那晚四姑小姐做了个梦，梦见一位仙人，给她送上个白白胖胖的男婴："这就是你弟弟。"醒来方知南柯一梦。此时吴家第二代传人也已双双亡故，哪来的弟弟？

就有那么巧，次日四姑小姐闲来无事，独倚在阳台上看街景，猛见到一对船民装束的穷夫妇，抱着个白白胖胖的小男孩在阳台下走过，只见那小男孩，与自己梦里见到的一模一样，当即差人叫住他们。

内中细节如何，今已不得而知。反正，这个命中富贵的穷船民的儿子，就是富甲沪上的颜料大王唯一继承人吴同文。

吴同文短命，只 58 岁就去世，且属横死（自杀身亡）。自有那等

吴同文大女儿吴锦芳与上海地皮大王严家大公子结婚照

嘴碎的，说是因为吴同文本该是穷命（穷船民的儿子），不料日后却转了富命，而这“富”，不是由自己经营而得，而是唾手得来，虽不属不义之财，也属横财。于是，折了几十年阳寿来顶……

吴同文抱来后，一直由四姑小姐抚领，直到她后来出阁。

吴家四姑小姐嫁入沪上另一公馆人家范家——以生产勇字牌热水袋和勇士牌皮球而闻名的海上实业家。吴同文一直十分尊敬自己的四姐。后来，还将自家的二女儿，也许给范家做媳妇，来个亲上加亲。

充满现代感的绿房子内，仍设有一个家堂——那是吴同文坚持要建筑师做的，家堂内陈列着吴氏列代祖宗的画像，或者在吴同文心目中，拜谒的却是他的下落不明的亲生父母——一对穷苦的船民夫妻。

身为望族之后，或者是因为遗传基因的关系，吴同文身上却有着浓郁的暴发之气。

他好像没有怎么样叫得出名的大学学历，也不知他修读的是何专业，但他的舞艺和酷爱跳社交舞，在上海滩上人尽皆知，难怪在绿房子底层，他特要求造成有弹簧地板的大厅，日日在这里笙歌艳舞。虽然他只活了短短的58年，但金钱、女人、美食玩乐，可讲什么都没错过。

要说他是个单一的playboy，似也不公平。他虽读书不长进，却

地皮大王严家的老宅与绿屋也算名当户对，现为《解放日报》社所用。

也具有生意头脑。他继承家业之后，30 年代中，抗日烽火逼近，国民党大力扩张军队，急需“军绿”色颜料，这位生来有福气的大少爷及时抓住机会，推出军绿颜料，很快在颜料市场坐上第一把交椅，一时发得火“旺”，为家族生意锦上添花。

从此，吴同文视绿色为自己的幸运色。起造这座远东第一豪宅选绿色，就因为这点“绿色情缘”，连带他的私家车，也是绿色的“宝马”。一时，上海滩上也有人称他为“绿色老板”。

19 岁之时受媒妁之言，吴同文迎娶了贝家九小姐（贝聿铭的九姑姑）为妻；所谓媒妁之言，里面包含了太多与爱情不相干的附加条件。后来，他自己选择了一个女人，那就是他的如夫人，最后还伴他一起共赴黄泉，想来，九泉之下他也不会太寂寞。

上海解放了，在毛主席的对民族资产阶级的“利用、限制、改造”的、比较和风细雨的统战政策下，犹如当年溥仪仍可在紫禁城内保留一个小朝廷，绿房子仍是上海滩的昔日大亨遗老遗少喜欢聚集的地方，犹如契诃夫笔下的“樱桃园”，伐木声还是远远的。但伐木声，总是在渐渐逼近。

1966 年夏天，一只红木凳子飞过来，将当年花了两百万煞费心机特地从日本进口的、一排成块弧形玻璃窗给砸得粉碎，（据今日的一位建材建筑师讲，这样的玻璃今日无人会制了）吴同文对五十八年

绿屋大宅的正门，汽车可以直接开到客厅前，免受日晒雨淋之苦。

绿屋是上海第一栋装电梯的私人住宅

的人生，已不再留恋。那给砸掉的，不止是一块玻璃，那是他的精神家园。

不等革命对他再有更进一步的行动，他去意已定。

那晚他与姨太太，如往常一样晚饭后，呷下一杯香浓的咖啡——姨太太煮得一手好咖啡——送下一整瓶的安眠药，两人并肩分坐在两张安乐椅上；他身穿整齐的中山装（革命当头，死都不敢穿西装），双膝摊着本《红旗》杂志，翻在“十六条”上划满红杠杠。

姨太太穿着白底黑牡丹花的印度绸中式收腰窄袖大襟短衫，黑真丝长裤，方口绣花北京鞋。

笔者从没见过吴同文，但一直听到太多有关他的会享乐的轶事，完全是不折不扣的一个海上 playboy。唯这一幕，他牵着姨太太的手，向生命隆重谢幕的这一幕，觉得他做得十分漂亮，很吻合绿屋主人的贵族气。

这一晚，或许也是吴同文近几十年来少有的一晚，可以不用顾及大太太与姨太太之间的平衡，手携自己所爱的女人，双双向生命行最后的礼仪。

次日，独住的大太太听闻丈夫携着小老婆自杀，没有悲伤，只有恼怒——死，也要两个人一起死。

吴同文太太不属貌美，而是雍容高贵，或者正因为太高贵了，如

通往二楼的大台阶

绿屋三楼的小餐厅，可以看到地板上的暖气出口。（摄于 1938 年）

戴安娜不被查尔斯王子欣赏，他反而看中卡米拉，在吴同文太太26岁时，已遭丈夫冷落。

说到小老婆，多为妖冶的狐狸精、浪荡的欢场之花、红牌交际花，似乎明摆着就是“坏女人”，本应与良家妇女势不两立。偏偏这位姨太太，入得厨房出得厅堂，一点也不比任何一位公馆人家夫人逊色。

吴同文的姨太太笔者从未见过。从她留下的肖像看，不见得如何漂亮。当然，起码是清秀的，而且并不妖娆，决不是旧月份牌上走下来的，那种闪烁着欢场灯红酒绿残光余烬的，带着股亦邪亦正风骚气的女人。

据说她原本是扬州人，却讲一口的糯软嗲的苏州话，织得一手好毛衣，煮得一手好菜。曾经特别参加当时女青年会办的，一个由各名太阔妇参加的烹饪班，以便更尽心服侍自己男人。

她脸庞瘦削——都讲女人这样的脸相是薄命之相；想想也是，自小流落欢场之地，人至中年不及享受晚晴之乐，就早早地落下生命之幕。

姨太太16岁那年跟上吴同文，16岁之前她的故事始终是个谜，来无影，寻无根；反正一夜之间，她就在绿屋内出现，并且就此落户安家，与吴同文生了一子一女，并且做了外婆、奶奶。看来，自从踏入绿屋的第一晚起，她已决意一心一意跟着吴同文过日子。

常在揣摩，那一晚，她第一次傍着吴同文，踏上那道直通绿屋二楼正厅的，大招手弧形石台阶时，是一步一惊心，还是已心怀大计，决意缔造自己绿屋中东宫娘娘的地位。同样的这样一道充满西洋古典风情的弧形大石台阶，搬在外国，就会令人联想到零点敲过后，从皇宫的舞会中匆匆疾步而回，遗落下一只水晶鞋的灰姑娘，充满浪漫的童话色彩；但搬到烟花十里的旧上海豪宅之内，却隐喻着一场持久的、深远的权力的较量和魅力的竞争。姨太太那纤细的套着高跟鞋的足踝，在一步一级登入绿屋之时，内心再忐忑不安，步子仍是坚定的；她将要面对出身望族的大太太雍容华贵的气势的威胁，大太太的已晓事的儿女们蔑视的目光，还有吴同文的playboy风流秉气；有可能还会有第二个、第三个、第四个女人，像她这样，踏上这道弧形大阶梯进入绿屋，这幢当时的远东第一大豪宅。她一定不能让这样的事发生。

第一次拜会吴同文太太，她是向她行磕头礼的，并以“太太”称之，孩子们则称她为姨娘。

渐渐地“太太”不称了，以“姐姐”相称，再到后来，索性直呼其名……

名分这回事，男人误以为不要紧，反正不过一个是先，一个是后，都是自己的女人。但女人不同，女人会穷一生之力争取“坐正”，誓不罢休。任何女人，都想做自家男人的唯一，特别当心她的男人，有能力可以拥有超过一个女人的时候。

有位上海滩上老克勒曾半开玩笑半认真地笑言那些娶小老婆的男人，是天字第一号的自找麻烦的傻瓜：娶小老婆是终生制、大锅饭，从 18 岁养到 81 岁；何不学习西方人养情妇，那是合约制、市场经济制……一笑。

中国男人不同西方男人之处，在中国男人，情之中除了爱外，还有义，当爱淡薄了，但给口饭吃的义，还必须要有的，否则，就有损男子汉大丈夫的形象，就不是君子。再讲，可以在一个屋顶下，将一个以上的女人，摆得煞煞平，也显示出男人的能力。这种能力包括经济能力、时间控制能力、花言巧语的能力以及体力，犹如群狮之中那头威武的雄狮，狮群大小，就是力量和地位的象征。

其实，男人永远也摆不平一个以上的女人，广东话中，一个“嬲”字，就是“恼怒”的意思。

当一个以上的女人答应和平共存，共侍一夫，男人满以为可以安享齐人之福，沾沾自喜，刀切豆腐两面光之时，女人们的斗争，只不过转向地下而已。

爱情上的输赢，其意义早已超出情感的范畴，而是个人魅力、能力和手腕的大比拼，难怪女人们，个个都在这场持久战中斗志昂扬。

1938年，绿屋底层的酒吧间，风格已非常现代。

姨太太日常打扮大方正派、略烫鬈的头发左面挑开头路夹在耳后，深色旗袍配一对白珍珠耳环，俨然一派公馆太太的风范。

吴同文每周日隔日在夫人和如夫人房里轮流过夜，直至后来吴同文太太赌气常住香港，他和姨太太才有影皆双，出席一应社交。60年代初，他和姨太太有了第三代。

每日清晨，他和姨太太在四楼绿屋阳台上做体操，吴同文喜欢玩扯铃，姨太太则日日勤于健身，都做外婆、奶奶了，仍保有一副风姿绰约的好身材。据言直到1966年“文革”自杀前，她仍可做倒立运动，吴同文在边上还帮她做。

自从她登上这座改变她命运的石台阶后，确实，吴同文再也没有带进来第二、第三个女人。解放后的工商界政协各项活动，发来的吴同文先生、夫人的请柬，都是姨太太伴他出席的。有工商界与她同学习小组的老人回忆，她发言有趣精辟，一口苏白娓娓道来，犹如说书，丝丝入耳，一如她的待人接物，人们都不大在意她的身份。

但凡姨太太，都有一套优秀的公关手法。连带吴同文太太的儿女，忆起这位姨娘，也异口同声“她会做人”，或者是“处心积虑”。

不论如何，当最后她与吴同文一起用咖啡吞下大把安眠药，双双并肩坐在安乐椅上之时，相信他们是相爱的。她处心积虑地要爱这个男人，爱这个家。在一场爱的持久战中，她赢了。

绿屋卧室，整栋房子的主体是弧形，取其吉祥和谐之意，因此屋内家具都依照房子定做，全是弧形。

吴同文太太的专用化妆间

后来工商联为吴同文开平反追悼会，关于姨太太的遗照该不该挂出来，绿屋后人中，很引起一番剧烈争执，争到后来，因无结果，连追悼会都索性不开了。

姨太太九泉之下定会暗暗好笑：她已经赢了，再也不在乎这个排名先后和名分。或者，在感情上，是只有选择，而没有对和错的吧。绿屋皇后吴同文太太雍容高贵，言语风趣幽默，贝吴两家又是近邻，想来两人不算青梅竹马，也可讲是两小无猜，又兼门当户对，然这幢远东第一豪宅却没给她带来幸福。

始终不明白，懂英文、洋派又富有的吴同文太太为什么不离家出走？三十年代的上海，已可孕育出绿屋这样超现代的建筑创意，应该也完全可以容纳一个娜拉式的出走反叛的女人——张爱玲的母亲，应是与吴太太属同一时代的女性。或者就是因为这“远东第一豪宅”吧？

原来扼杀女人独立的，不单是一副“诗礼传家”的大匾，在一幢超现代的建筑内，同样也会囚禁一个女人的斗志。这里还有一则黑色幽默。

绿屋里，红卫兵们开现场批斗会，列举吴同文太太的反党反社会主义罪行。

吴同文太太大声呼冤：“……我根本热爱社会主义热爱共产党。

1978 年对资本家落实政策，我和外婆（绿屋女主人贝娟琳），我们开始游山玩水。

共产党不让讨小老婆，我是巴不得共产党早点来才好，如是这只小老婆也不会进到这绿房子来了。”吴同文与姨太太在“文革”刚拉开帷幕时就匆匆谢幕。吴同文太太，却悠悠然地经历了十年“文革”，迎来改革开放，以93岁高龄，走完她生命之路，虽然孤身上路，但她并不寂寞。

“文革”被扫地出门离开绿屋，她被造反派政府分配在与绿屋豪宅一箭之遥的，上海一条小家小户聚居的新式弄堂房子常德新村一间亭子间里安居下来（后落实政策，搬入同弄堂朝南正房间）。七十好几时的她，仍显白皙丰腴，一头细如丝的乌发，无需电烫，就在后面翻起一个自然的大波纹。人们无不赞她这一头经得起时间考验的美发。她则自诩：“我乃蒙不白之冤。”言语中仍充满年轻轻就遭丈夫冷落的冤忿。

常德新村属那种40年代初日战时期的偷工减料的建筑，号称新式弄堂房子，即所谓钢窗蜡地，有下水道盥洗设备，前门口有巴掌大一块所谓花园，单开间三层楼。但与其相邻的春平坊相比，后者虽为老式石库门房子且无下水道卫生设备，然那精工细雕的窗台和扎实的高敞的木质百叶窗，还有临街的罗密欧朱丽叶式的阳台，与单料浅薄的常德新村相比，还是这种城堡般厚实的老石库门房子有气派。

旧时春平坊多殷实人家，20年代富家女黄慧如与私家包车夫陆

吴同文太太（中）在绿屋外的日子，依然潇洒淡定。左为吴同文大女儿，摄于 1990 年，吴同文太太 90 岁。

文革期间，贝娟琳从绿屋被赶出至此，1996 年终老于此。

根荣的主仆相恋社会大新闻，就发生在春平坊黄宅，相比之下，常德新村只是一般写字间小白领聚居之地。整条弄堂的人，都知道她来自绿房子，她的豁达大方和亲善，赢得邻里对她的尊敬，老老少少都称她为“吴家好婆”。

在被扫出绿房子的年月，她靠抄家单位发放的十几元生活费及海外子女的外汇，与小儿子小媳妇一起过，仍过得精致悠然自在。唯每日黄昏，必会披着一领自织的大披巾，坐在阳台上宁静地呷咖啡，一笼氤氲从抄家残留的英国茶具中升起。这里与老宅绿屋，只隔一条横马路，斜阳下的旧宅，这座没有带给她爱情的远东第一豪宅，虽然内里她单独拥有一间化妆间，四周嵌满镜子，外界传说，豪华到香水装在镜子上端，只需轻轻一按，香雾就会徐徐散下……但也并不幸福，那里载满她充满委屈、强忍阴郁的过往，难怪，她对绿屋一点也不留恋。即使已到了八九十岁，男女世情早已琢磨透彻，但对这幢旧日家园，她已心灰意冷。

好婆舞艺了得。70年代末上海掀起跳舞热潮之时，在常德新村拮据的亭子间内，七十好几的好婆，欣然为我们示范了标准的舞步，并抱怨着腰骨已硬，舞姿大不如以前。唯独此时，她才淡淡一提，老宅底楼跳舞厅的弹簧地板。

问她何不坚持要求落实政策，归回绿房子，起码可以要还合营后留给他们的三楼、四楼，她却宁愿接受在外分配住房的条件，而且要求不高，只要朝南，煤、卫独用。

“我这一世什么没见过？什么没享受过？只求安安乐乐，健健康康度过余生，就算拿回绿房子，那几层楼的家具，如何配得齐？配齐了，又要像从前那样夜夜请客跳舞。这样的日子，我也过不惯了。”

一切豪华在她，只当是过眼烟云，并不见有一丝多余的感叹。

人说三代出一个贵族，算起来好婆应是四代贵族了。苏州贝家，是个历史渊源的望族。苏州狮子林是好婆度过童年的乐园，曲廊回院、水榭亭台、锦衣绣袍、风沐月露，然后踏上婚姻的红地毯，进入绿房子。在他人眼中，她的生活一贯的悠闲而精致，即使后来堕入新式里弄民宅，仍是钢窗蜡地，煤卫独用，70年代上海人高尚住宅的概念，也就只停留在这里。

除了提起丈夫吴同文，言语之际是辛辣决绝之外，好婆为人，豁达大度。

绿屋里的最小的一位公子，成婚在“文化大革命”白热化的1966年年底，娶的是一位贤淑的平民女孩，好婆对这个小媳妇疼惜如己出，以后一直与她生活在一起，直到她以93岁高龄老去。这位望族出身的婆婆对来自南市的媳妇，非但不歧视，反而疼惜过自己女儿。兴致高之时，还会随儿子、媳妇，回媳妇的既无抽水马桶、也无煤气的娘家过春节，与媳妇一家子热热闹闹、和和融融过几日再回来。

我常常想，好婆当初如果下个决心，跨出绿房子，一定也能适应绿房子外的生活，只是当时，她缺乏一股促成她出走的动力罢了。

真正能显示贵族的贵气，往往是在落难中才显露：英国皇家空军的第一代，几乎全是贵族子弟，在多佛港外与德军空战，牺牲无数；法国革命时代的贵族，连在登上断头台时也不忘高雅，历史上有记载，他们居然有以舞步的姿态登上断头台的阶梯。

1996 年，她端坐在常德新村那间朝南房间的藤椅上，说要晒晒太阳，就这样，在一片灿烂的阳光中，她含笑骑鹤而去。

生前她立下的唯一遗愿是："不要把我与他们葬在一起，让他俩去要好去。只要将我骨灰倒在黄浦江里就可以了。"

当然不会将她倒入黄浦江，她长眠在近郊的一个公墓里。她也没有输。她赢得街坊邻里、众多子孙后辈的尊敬和爱，她还健健康康地活到做太婆抱曾孙的开心日子。

绿屋第二代，共有四位公子、五位小姐，在充满大家庭各种怨怨艾艾的夹缝中成长，功课挺好，个个大学毕业。回顾在绿屋里的时光，他们好像并不太眷恋，那个时光，他们似很寂寞。母亲出身豪门，习惯他人服侍呵护，虽然生了三个儿子、四个女儿，但自己只顾得上跳舞听戏，孩子全部交给佣人打理；父亲更是 playboy 一个，自己吃喝玩乐都来不及。听讲倒反而是姨太太，或者自己没有一个快乐富有的童年，因而对自己的一对子女，十分着紧，管教有加。

反而在扫地出绿屋的日子里，吴同文太太变成吴家好婆，与儿子儿媳在挤迫的常德新村那段时日，似乎才重拾母子相聚的天伦之乐。

“昔日王谢堂前燕，飞入寻常百姓家”，当年绿屋的三少奶，现在普通民居过着平淡恬静的生活。房里这套家具是吴同文太太留下的，是旧时著名的Arts&Craft产品。八十多年，仍显造型别致，设计典雅。

“在绿房子里，房子太大，人太少，吃饭要打铃，才在餐桌上聚一下，饭碗放下，又各自回房。那时与姆妈，反而有点疏离隔膜。”绿屋的当年已六十几岁的小公子如此回忆道。

毕竟时代变了，旧日的绿屋第二代公子千金，不堪绿屋内与外隔绝的生活与前朝豪华的遗风。大公子、二公子去了香港，小公子交大毕业分配至大连（后调回），最漂亮的小千金，上海医科大学毕业，为追随被调往乌鲁木齐任总工程师的男朋友，果断地在毕业志愿上写上乌鲁木齐；想当年拜倒在她石榴裙下的不知有多少，其中似还有一位著名配音演员。这位绿屋千金却毫不犹豫作出自己爱的选择，对生她养她的当年远东第一豪宅，并不眷恋。

今日，他们双双已退休，仍安居在乌鲁木齐，财富并不代表幸福，他们最有发言权。

二

绿房子的设计师，比屋主吴同文多活了三十四年，直到 2000 年谢世。

2001 年 8 月，上海有关方面接到加拿大维多利亚大学一位高层管理传来的信息：一位与上海城市建筑渊源很深的世界级建筑大师去世了。他就是当今著名的加籍匈牙利设计大师邬达克。1921 至 1945 年，他定居上海二十年期间，创立了自己的建筑设计院，并以其独特的艺术风格和当时最先进的建材，完成了近三十余幢凸现大师级卓越才华的作品。其中最经典的是远东第一高楼国际饭店，还有上海人熟知的大光明、华东医院等。另外，就是这幢被誉为远东第一豪宅的绿房子，这是他设计的最具超现代感的建筑。

美国华盛顿大学专门研究邬达克作品的何露博士认为，邬达克一生设计作品无数，但他最杰出的作品却集中在上海，集中在这个当时世界上最开放最活跃的都会之一。

绿房子，建造她的资金来自旧上海华族，缔造她的思维来自欧美现代文明，酝酿她的，是上海上世纪 30 年代的流金岁月，她却拥有一个犹如上海弄堂里“大弟”、“小弟”般很市井的称呼——绿房子。

她是中西文化荟萃的风火炉中千锤百炼出的一颗金丹，闪耀着

绿屋设计师邬达克

海派的华彩。风风雨雨一个多甲子，当初设计她和享受她的两个传奇人物都已老去，这幢建筑依旧守在铜仁路三百三十三号。

我的成长地，就在离铜仁路三百三十三号一条马路外的南京西路陕西北路口，上中学路上，几乎天天都会走过这幢绿房子。常见在她三楼、四楼的露台上，有衣着洋派时髦的男女在俯栏眺望，露台上花卉层层，放着精致的帆布沙滩椅，虽然已是 60 年代，仍有解放前的感觉。

我喜欢特地贴着那绿色的围墙走，一面用指尖边走边扫着墙面，凉飕飕的，滑滑的。只觉得这幢绿屋很神秘，扑朔迷离，惹人猜想。

“文革”开始，夜晚走过绿屋，窗内一片死黑，玻璃破碎，零碎破烂的大字报残片，在风中一掀一掀，像煞丧家挂满挽联的孝堂。那时就听说有人在里面自杀，半夜常闹鬼，这当然是耸人听闻之说。

1967 年一次与资产阶级狗崽子聚会，见到几位男青年，依然穿着烫得笔挺的蓝布人民装，在玩一种叫“塔牌”的英国扑克。“塔牌”是旧上海时髦年轻先生们爱玩的一种扑克，解放后一般青年人很少会玩。一问之下，四位都是旧上海望族之后，其中一位，是绿屋的后人，后来，他成为我丈夫。

相信生命密码中已有了这样一个数字组合，难怪每每走过铜仁路三百三十三号，总会怦然心动。

之后进过一次绿屋，那时已成某单位办公楼，但我始终没能进入吴同文那座樱桃园。他的那座樱桃园，早在他吞入安眠药停止呼吸之一刹那坍落了，一如已胶在琥珀中的史前生命遗体，他将自己和姨太太，永远胶在自己的樱桃园中。

多年来，任门口的单位牌子换了又换，墙内草皮被无情的水泥蚕食了再蚕食，铜仁路三百三十三号那抹翠绿虽日渐颓败，仍人淡如菊地守在那里，如一座中咒的古堡，内中躺着个睡美人，等着一位远道而来的王子深情的一吻。

三

以后仍常走过绿房子，那弧形的窗框上的一排残缺破碎，只马马虎虎贴着马粪纸的玻璃窗，犹如岁月的眼睛，充满沧桑，默默向我暗示，曾经在内里发生过许多难以言说的故事。

往事如一本已经风吹雨淋的老式毛边账本，陈年老账条条款款，都有记载，只是到底谁欠谁的，已模糊不清。

记不清在哪一日，我在稿首写上“蓝屋”两字，不写绿屋是怕隐喻太明显。小说中的主人公，不知为什么信笔写上顾传辉，写得那样自然顺当，就好像我早已认识了他。而且越写越相信不论在蓝屋（绿

2001 年，我的丈夫严尔纯（吴同文大外孙）重回绿屋。

我与绿屋租客、台湾建筑师顾传晖。他与我小说《蓝屋》主人公同名同姓同龄。

屋）彩绣辉煌的日子外，还是绿屋的残山剩水，花果凋零的日子里，顾传辉确确实实穿梭其中，与我一样，在充满矛盾的灵与欲的滚滚红尘中，真实又辛苦地在同一天空下生活着。

为了寻找进一步的感觉，再一次回到绿屋，并说服工作人员让我进入绿屋内里。

站在一楼原先经常举行舞会的大客厅，弹簧地板早已撬掉，分明感觉到那一方空间异乎寻常的陈旧。

当一切华丽都已落幕，在大厅里，似犹依稀闻得到，姨太太常用的夜巴黎香水，还有，掉在悠扬着舞曲的弹簧地板上的大太太一束白兰胸花，正在时间长廊的那端，痴心地等着一只呵护的手，将她小心捡拾起来……

2001 年的一天，突然发现绿房子前架起脚手架，到脚手架拆去之后，绿房子犹如破了咒语的苏醒过来的美人，散发出青春和艳丽，门口挂着两块牌子：一是充满现代气息的网吧会所；一是一块亮晶晶的铜牌：上海十大名宅。

吻醒这位睡公主的王子叫顾传晖，与我《蓝屋》中的主人公顾传辉酷似，今年 44 岁，与书中主人公同年同庚。他姐姐叫顾传菁，是《蓝屋》单行本的责任编辑，天津百花出版社的资深编辑。

当他拿出名片笑眯眯地递向我："……我是你'蓝屋'里的顾传辉

（晖），我回到蓝屋了。”惊愕之余，我由不得双手合十道一声“老天。”

生活，原来竟有如此巧合和戏剧性，给我带来震撼性的惊讶。从此，我做人行事，更不敢有半点的对上天的不恭。

《蓝屋》中的顾传辉该不该回蓝屋，记得当年掀起几轮激烈的讨论：正因为我自己也不知道答案，因此，《蓝屋》的结尾没有作交代。

我太钟爱笔下的顾传辉，不知用哪样的结尾，才会不损害他的形象。问题不在他该不该回蓝屋，而是，以哪一种姿态跨入《蓝屋》。

现实生活中的顾传晖以他的行动，给绿房子做了个漂亮的句号，而且另起一行，开始了崭新的一章。

现实中的顾传晖，父母都是上海人，父亲是飞机机械工程师，1948年父母双双去台湾公干兼蜜月就此再也没有回来过。

1958年顾传晖生于台北。

今天，他成为一位知名的建筑师。1997年，他到自己的故里上海，并承建了如浦东机场、上海大剧院等上海著名工程的项目。

那日他驱车驶过铜仁路三百三十三号，那座造型别致却已显十分颓败的绿房子，令他怦然心动。职业敏感令他对这幢房子一往情深，常常要驱车去探望她一下。这座30年代中西文化相恋而派生出的结晶，犹如一位迟暮的美人，楚楚如一株疏于照顾的百合，还明似晦，若柔妩媚，默默散发着暗香，恰如时光走廊那头，昔日豪华后，滑落在柚木地板上的那束别在衣襟上的白兰花，等着一只呵护的手将它小心拾起。

他认定，这是世界级大师之作，是被称为万国建筑之都的上海滩的一朵奇葩，“一般上海的名建筑，都带有浓厚的殖民色彩：法式、哥德式、西班牙式或欧陆式，唯这幢绿房子是独特的。是上海能见到的老建筑中，绝对属超现代派的。”他说。

经查阅了大量资料，终于查实，这是大师邬达克的杰作，他为这个发现兴奋不已。花费了想象不到的周折和努力，他终于拿到这幢绿房子的租赁权。

随后，顾传晖斥资七百万到八百万人民币重新打扮这位苏醒后的公主，令绿房子重显光艳。一楼、二楼他用以开设网吧和会所，三楼、四楼是他的建筑事务所和居家之处。

在一个秋阳微醺的周末，绿房子二楼大厅响起沉寂了有半个世纪的华尔兹旋律：Begin the Begun，那一缕早夭的旋律在新世纪的绿房子重新响起。我们五十多个新知旧友在这里划出新的舞步。

正所谓“闲话南朝往事”，在历史的回廊里，我看见，吴同文倚在大理石壁炉架边，口衔烟斗，随着 Begin the Begun 的旋律摇晃着身子，泛起一贯的玩世不恭的 playboy 式的笑意。在没有舞会的日子里，他的游魂，也很寂寞呢。

楼下 EBar 完全是年轻人的世界，声声“dot、dot”，令这幢苏醒过来的昔日豪宅，与世界联在一起。

“Begin the Begun”，一首著名的上世纪 20 年代风行全球的舞曲，意译或应为“重新开始”，绿屋的故事，就在这样的旋律下，翻开崭新的一页。

百年婚纱

婚纱是纯粹舶来品。婚纱都是白色的，以示纯洁无瑕。

中国传统，红色和金色为喜色。白色是孝色。然西方，白色意味着纯洁。因此，第一个披上白色婚纱的中国新娘是十分勇敢的。

百多年前上海，一位留德“海龟”林先生带回他的金发新嫁娘，这在当时为十分叛逆之举。男方家庭尚属开明，容纳了这位洋媳妇，提出的唯一要求为新娘必须戴凤冠披绣花红袍举行一场中国婚礼。新娘巴不得体验一下中国传统婚俗，一口答应。婚礼放在今上海外滩 23 号，现中国银行大厦现址。不过当时中国银行大楼尚未造，原址是德侨俱乐部。洋新娘自有一批洋女伴。大家兴致勃然地相帮她布置婚礼场所。岂知到举行婚礼当日上午，众人倒抽了一口冷气。原来，会所大门口当街一对白色大灯笼高高挂起。里面沿楼梯扶手，都用白色百合花与白缎结及白色小灯笼点缀，活像在办丧事。要重新布置已来不及，只好连忙发动众人在白灯笼上画各种大红吉祥的图案。此事在上海滩上流社会成为一个经典笑话。可见中西文化冲突之尖锐。

然西风日强，上海的城市生活受其熏陶，西方习俗必然会潜移默化，渗透入上海生活细节。婚纱的演变，也可以形象地体现出洋为中用，中西结合的海派传神演变。

婚服最大改革是，原先笨重的新娘凤冠由头纱代替。头纱与珠

图一　清末名妓赛金花与外交家魏斯吴的婚纱照

花缀成很华丽的头饰，形似传统新娘凤冠，并融入由西方引入的飘逸绉纱替代红绸配传统绣花旗袍。为照顾到中国传统婚服，不用白色也不用大红，改用粉红色。一种恰如其分的折中。

中庸之道向来是中国文人所推崇的，事实证明，也是最行得通的。

图一至图四展示的正是这样一个从传统至西方中国婚纱的过渡。图一是清末名妓赛金花与外交家魏斯吴的结婚照。我们可以看到新娘婚纱是十分谨慎地作着改革：一头一脚还是传统的凤冠和绣花鞋，婚袍也是旗袍式十分密集，全部遮掩了女性曲线，衣料质地则是全部的皱纱，上海人俗称洋纱，因为中国尚没有这种工艺。手捧鲜花这个动作也是纯西方的。一束鲜花一袭洋纱，仅是作为点缀，但那点洋气足以开传统嫁衣之先河，堪称时尚。我们现在看来深感不伦不类、滑稽可笑的这身婚纱，在上世纪初，已是一种大胆的革新。

图二是民国初年一场婚礼照片。婚礼上张起国旗，说明这户人家是开明的拥护共和的，中国的婚礼常会融入政治元素，如20世纪50年代时新郎新娘都要向领袖像行礼，老派则为拜天地。新娘婚服就是典型的洋纱加绣花裙袄的中西组合。新郎则是很国粹的长衫马褂。老太太老太爷间放一只西式花篮，边上却又是一盆很中国的万年青，是比喻百年好合吧。

老式结婚礼节繁多。喜宴要摆上几天，还要唱堂会。相比之下，

图二　民国初年的婚纱照

新派结婚，简单得多，故而又称文明结婚。但这里不见有花童（小傧相）及女傧相。除新娘之外不见有其他年轻女眷，可见社会风气还是守旧的。在上世纪初，即使文明结婚，宴席上还分男宾席与女宾席，用帐帏隔开，即如大上海都如此呢。

图三是民国初年月份牌上一张新娘画像。月份牌作为旧上海时尚的一种载体，自然是真实生动克隆出当时的城中时尚。图中新娘头纱带有显著的老式凤冠的遗风，却显轻盈得多。那身明显觉得厚重的旗袍，仍是严严实实地很密集地紧裹着新娘。

图四为1920年代月份牌上的新娘。这位神采飞扬的新娘要摩登多了。婚花已是指定的白色百合花。人们不再忌讳婚礼上用白色了。整个画面轻松阳光，我们还可以推算出，婚礼上启用男女小傧相，应当在1920年代已十分流行了，以致月份牌上都会表现出来。而且原先显臃肿的绣花裙袄，已由轻飘的绢绉洋纱替代，新娘身影显得苗条轻松多了，一双臂膀大方地裸露出来套着西式洋纱手套。新娘的颈脖也优雅地袒显出来。这本身是一则洋纱广告，可见经营婚纱在上海已成为十分流行的产业。婚纱即皱纱，全是进口，故而称洋纱。

旧时女人嫁衣都是自己缝制，传统新娘总要一身新，不可想象一件嫁衣你穿穿我穿穿，因此租赁婚纱在当年是不可想象的，几乎都是定购的。

图三　民国初年月份牌上的新娘画像

图四　1920 年代月份牌上的新娘

对一众平头百姓，婚纱如月宫宝盒样可望而不可及。如前文所说，婚纱的主材料罗纱，又称绉纱洋纱，本身是进口，价格如天文数字。清末民初，婚纱在上海初显山水之时，尚没有租赁业务，因此当年能披上婚纱的新嫁娘，必是大富大贵之家。虽然婚纱只穿几个小时后就压箱底，还是度身定做，心甘情愿花千金博一瞬间的灿烂。

图五的新娘完全是西服打扮，那套西式时装令人想起电影《铁达尼号》中那位富家淑女露丝的衣着。这应是上世纪初最时尚的西服款式。

新娘是我中学时代同学臧增猷的祖母、大世界创办人、海上闻人和实业家黄楚九的女儿。照片应在上世纪初在日本拍摄。当时新郎在东京留学习医。这位新郎就是后来驰名上海20年代至40年代的一代名医臧伯庸。留学生思想总归前卫一些，臧伯庸又是拥护孙中山革命的同盟会会员，思想自然更前卫。或许不屑那种半中不西的婚纱，索性来个全盘西化——穿西洋时装。好像当年孙中山与宋庆龄的结婚照也不穿婚纱而是一袭西洋套裙，雍容大方。可能当时在革命人士中是一种潮流吧！

图六中的新娘殁于96岁，名陈素任，是笔者的忘年之交。说起这位老太太，了不起呢。她是中国第一代女飞行员，早在1936年就考到飞行驾驶执照。她的婚纱很独特，有点如上世纪70年代盛行的

图五　海上闻人、大世界创办人黄楚九女儿的结婚照。

图六　这位新娘是中国第一代女飞行员，殁于96岁。

喇叭裤；她的婚纱很前卫，是裙裤状的。旧时女子裤装是不能上大场面的，中外都是如此。陈女士偏要穿出个性，披上裙裤状婚纱，这袭婚纱恐怕也属上海百年婚纱唯一的裙裤款式，很有现代感的中性美。配着宽大的倒喇叭袖口，线条简洁、硬朗，十分现代，很合乎女飞行员的干练个性。她说婚纱是她自己设计的，在静安寺路上一家犹太人时装店定制的。

陈素任女士 1937 年 1 月 2 日在衡山路国际礼拜堂举行婚礼。婚礼后在国际礼拜堂的大草坪上开个午茶会（Tea Party）。丈夫李九皋当时是上海加拿大电台 700KC 频道的英语播音员。上海在 30 年代已是公认的东方巴黎，在众多知识分子和白领青年中，全西化的婚礼因为高雅洋派又简约，免掉许多繁文缛节而广受欢迎。特别在露天大草坪上举行的 Garden Party，经济活泼，还可以跳舞。通常由新娘新郎带头跳第一只舞，是最时髦的婚礼庆宴。

但传统的势力往往是根深蒂固的。于是，两代之间就互相让一下步。所谓退一步海阔天空。一般婚礼就分两步走：下午开个 Tea Party，专招待新郎新娘的同学朋友，可以说是年轻人的世界；晚上另外还得摆几席酒，招待双方长辈及至亲世交等。

陈素任女士记得，结婚蛋糕是在霞飞路上一家白俄西餐厅订的，要两个月前就预订。结婚戒指是在一葡萄牙人的首饰店买的一对白金缕空戒，分别在背后刻着两个人的名字。Garden Party 之后，晚上在静安寺路上的康乐酒家摆两桌酒。

这是很典型的上海白领青年婚礼。

图七的新郎新娘是我祖父程慕灏和祖母孙克瑛。婚礼日期为 1935 年，国际饭店落成的第二年。孙克瑛祖母是祖父的续弦。此时正值祖父事业鼎盛时期。祖父时为中国银行总务主管（相当副总经理），交际广泛，婚礼自然十分排场，沪上名流都来道贺，证婚人是中国银行总裁宋汉章，女方证婚人是著名外交家颜惠庆。宋子文、司徒雷登、汇丰银行大班等都来道贺。婚宴包下国际饭店的天花板可开合的云厅，以西餐形式宴请。这在当时也属罕见。因中国人总认为喜宴要热闹，而西餐没有敬酒猜拳，太过冷冰冰的，但祖父的身份，虽然做新郎也不能太忘形，所以特别定了西餐。西餐价格昂贵，氛围高雅，很合银行家的身份。

祖母孙克瑛来自开明之家，曾外祖父孙德全是留日的法律会计师，曾任大清银行（中国银行前身）汉口分行行长，民国时在上海挂牌做注册法律会计师。祖母孙克瑛是父母的掌上明珠，汉口圣约翰书院毕业，人又漂亮，抱定宗旨要么不嫁，要嫁就得是一流的。就这样挑到三十出头，已属老姑娘之列了。

祖父中年丧偶，上门做媒的踏破门槛。曾经有一位美国女留学

图七　祖父程慕灏和祖母孙克瑛的婚纱照

生，祖父一度也与她交往过一阵，后来终究觉得学历太高而放弃她。

据我姑妈们回忆，祖父手头的相亲照，有扑克牌一叠。有时，祖父会让孩子们依偎着他一张张翻看，问他们："你们喜欢谁做妈妈？"想想那时情景有点像《音乐之声》，祖父似就是那个对前妻留下的七个孩子疼爱有加又手足无措的中尉。

那日又有几张相亲照送来，七个孩子照例又依偎在父亲身边看，翻到祖母一张相亲照时，几个孩子异口同声说："这个姆妈好看，我们要这个姆妈！"这也是一种缘分吧！

祖父和祖母的恋爱过程——上海人说"轧朋友"也是半中半西的。经人介绍后，偶尔相约出去看场电影，祖母由其兄长孙克坚（上海著名留德皮肤病专家医生）陪同一起赴约。这不是明摆着做电灯泡吗？然那时好人家的小姐，是不能单独与男人在公共场所抛头露脸的，连身为开明的律师会计师女儿都不敢越过这个界限，可见中国女性要走出千年桎梏有多艰难！多数时间，是祖父上门拜访，也大多是集体活动，一大家子人围坐一起吃饭聊天，也真难为他们了，讲句悄悄话都没机会。

祖母的婚纱是在绿屋时装沙龙（原址在今南京西路的德义大楼底层南京理发店相邻）定做的。祖母做新娘时已年过三十，再加上新郎的银行家身份，所以婚纱设计得很端庄，领口紧箍住颈部，白软缎

图八　1936 年，一对上海夫妇在纽约的婚礼，我祖父（左）证婚。

外再罩一层轻罗纱，犹如包装纸外再衬一层玻璃纸，更显华贵。没有什么花边之类装饰，也不属珠光宝气，十分大方得体。

图八是在 1936 年纽约一对上海夫妇的婚礼。我祖父（左）做证婚人。从照片中我们可以看到，上海的婚纱与纽约的婚纱无什么差别。上海的时尚潮流是与世界同步的。

图九是 40 年代初一新娘。进入 30 年代，西式婚礼文化在上海已十分流行，场面也越做越大。当时并无职业婚庆公司，但一般如国际饭店、锦江饭店及理查西餐社等专门承办西式婚礼的高级酒店都备有从司仪到场地布置等各项服务。乐队则可以到外面去请。当时最出名的乐队是仙乐斯的罗平乐队。

图十的新郎新娘是我父母。婚礼是 1943 年阴历三月初八在上海锦江饭店举行的。父亲程学樵为德资拜耳药厂销售工程师，母亲潘佐君是上海第一百年女校中西女中（今上海市三女中）初中部英语教师，周信芳的一个女儿周采芹曾在她班上就读。

作为职业女子，母亲对自己婚礼十分投入，从具体策划到拟定女方宾客名单都亲力亲为。婚纱是在静安寺路上的“鸿霞”时装店定做的。徐志摩前妻张幼仪开的一家时装店也叫“鸿霞”，也开在静安寺路上。问老妈她这家“鸿霞”是不是张幼仪开的，她说当时从不关心这个“鸿霞”老板是谁。相对老牌时装公司“鸿翔”，“鸿霞”年轻点，

图九　20 世纪 30 年代的简约婚纱

但正因为年轻，故而其时装样式也十分年轻化，用现今时髦话，就是小资点。在老妈年代，“鸿翔”属公馆太太派，一般时尚女青年不去的。老妈这代时尚女子，向来在上海犹太人开的专卖店做衣服。但1941年日本入侵租界后，这些外侨开的时装店都被查封关闭，反而给本土时装一个发展空间。

婚纱是度身定做的。店堂里有几本战前的外国时装杂志样本。老妈的创意则是来自战前好莱坞电影《天长地久》中女明星玛丽·碧克馥的一袭晚装。看那出电影时，老妈才十六七岁，却已有了个晚装情结，在做婚纱时得以圆梦。只是原装胸部袒露得太低，师傅就建议用一层缕空通透的罗纱覆住双肩和臂膀。这套婚纱的亮点也就是在这一层缕空的罗纱，性感又不失端庄。头纱的一圈百合花则用白缎扎成。新娘唯一的首饰是当胸一枚翡翠别针及一对翡翠长耳环，绿白相映，充满活力。度身定购一套婚纱当时为四千元，如若穿好后还给店方，则是一千元。店方收回后，可作为租赁用婚纱。当时婚纱在上海已十分流行租赁，一般市民讲究实惠，宁可租赁一套来充充场面。老妈自然不肯穿人家穿过的婚纱，但穿一次后就此压箱底又觉得太奢侈，再讲罗纱时间长了要泛黄的，就采取这么个折中办法——度身定做穿好后再退还给店方。一袭婚纱要经过选料试样约两个礼拜的制作时间。老妈的结婚照在光艺照相馆（今南京西路德义大楼底店面）一直摆到我哥哥会满地跑。有与“光艺”相熟的亲戚开玩笑提醒他们，店方笑言：“不大容易遇到相貌好、婚纱也别致的新娘，所以舍不得收掉。”

父母亲婚礼在锦江饭店十楼举行，宾客有上千名之多，所以也是以 Tea Party 招待。晚上同样也是两家至亲，在锦江饭店中餐厅定了四、五桌酒。

从前婚礼送礼，唯有长辈可以送小辈现金，平辈之间不兴送现金，似有看低对方之意。除非送永安、先施等公司的礼券。价值一般也不过 50 至 100 元左右，送得太重有失常理。一般送新娘为衣料、化妆品、桌布、沙发靠垫……30 年代起女白领间十分时兴送英国骨瓷咖啡具或德国全套喷银刀叉，因价钱不菲，总是几个朋友合送一份。那时这属最体面得当的结婚贺礼。捷克车料器等时尚家居摆饰也是时髦的贺礼。通常送的是相关店铺的礼券，由新人自己挑选。老妈记忆中最奢贵的结婚礼物是一支美国蜜丝佛陀唇膏。因战时美国货在上海已绝迹，只有当时昆明等大后方，通过空运（其实是美国飞行员走私）进来。物以稀为贵，所以价格昂贵且有了钱也很难觅到。

婚礼是一贯的茶点（Tea Party）招待，只是咖啡和一角结婚蛋糕，再加一杯牛茶（牛肉汤）和几片煎香肠，十分简单，但器皿和服务都是一流的。锦江饭店的午茶婚礼在上海滩属第一块牌子，讲究的是氛围而不是大吃一顿，乐队是著名的罗平乐队。

图十一的新郎新娘，时值1947年春天，抗战胜利的第二年。请注意新娘的婚纱，那是最摩登最时髦的尼龙纱头纱，较洋纱要轻盈、光滑得多，更具飘逸轻柔之感。尼龙英文名NYLON，是美国杜邦公司在1938年研制开发的新型纤维材料。初时只用来做牙刷，1939年才开始将尼龙纤维织成丝袜在纽约世界博览会上亮相。1940年尼龙丝袜开始在上海上市，因其薄如蝉翼富有弹性，较之人造丝袜更能勾勒女人双腿线条，上海人称之为玻璃丝袜，意为如玻璃一样通透光滑。售价两美元一双的尼龙丝袜毕竟属奢侈之物，穿得起的人很少。1941年太平洋战争爆发，作为美国货的玻璃丝袜断档，偶有通过重庆、昆明等大后方走私来的，要卖到一两黄金一双！

抗战胜利后，美国文化在上海成为时尚主流，美国的尼龙纱代替洋纱成为最摩登最时尚的婚纱。尼龙婚纱更细密更有飘逸感，而且不怕皱不怕起折，不会泛黄。照片中我们可以看到此时的头纱明显地缩短，婚袍也不如战前直曳地面还能打几个转回，而且只是用一色白缎，外面不再覆一层薄纱。这可能是因为世界包括美国正处于战后经济恢复期，物资短缺，时尚走向顺应这个特定局势，以简约为主，妇女的衣裙都相应短了一截，最省料的三点式泳衣也是在战后

图十　我父母的婚纱照，时为 1943 年。

图十一　1947 年，上海婚纱已用上最新的面料——尼龙。

（1945 年）推出的。

这应是第一代化纤婚纱。今天婚纱大多是用化纤织造，天然丝质的罗纱婚纱反而成奢华极品。但在尼龙婚纱露脸时，价钱不菲，在上海，因为是美国货，就更身价非凡。这套婚纱是在静安寺路（今南京西路）大华电影院对面的“贯一时装公司”订做的。

图十二，是表舅结婚照，1952 年在香港半岛酒店。我做小傧相，那时我 6 岁。

20 世纪 40 年代末 50 年代初大批上海人南下香港，在香港形成一个上海人圈子，同时将上海摩登时尚也带到香港。一时在广东话中，上海人成为有钱人的代名词。

半岛酒店是香港资历最长的一家英资老牌五星级酒店，至今仍屹立在九龙维多利亚港边。上世纪 50 年代香港一般市民婚宴都在本地酒楼操办，极少在五星级酒店办。其实当时新郎新娘刚从上海南下，手头并不阔绰，但上海人就是海派，讲面子，手头再拮据，结婚场面一定要。而来的宾客个个也是昔日上海滩上有名有姓的，委委屈屈来到香港这巴掌大一块地方，趁着这场喜事也要抖抖昔日上海滩的威风，冲冲喜吧。

上海人初来香港人生地不熟，一切只好从头开始。表舅在银行做普通职员，表舅妈是一家高档呢绒公司的售货小姐。不过到了 60

图十二　1952 年，一对上海新人在香港半岛酒店举行婚礼，我做小傧相（前右），右一为我母亲。

年代他们果真发了，现侨居加拿大，这是题外话了。

我边上的是妈妈，穿黑缎西式旗袍套装，男花童边上是他妈妈，一袭织锦缎旗袍很有昔日上海余韵。新娘那身婚纱，你们会发现还不及 40 年代我老妈及舅妈的尼龙婚纱时尚，土土的，而且还不是尼龙纱，还是传统的罗纱的。说明 20 世纪 50 年代初香港的时尚之风还追不上上海。

看到新娘父亲亲手将她交给新郎，虽然当时我只有 6 岁，但我已经在想，将来爸爸不知要将我交给谁！我认为这是西俗婚礼中最动人的一个细节，意义隽永！按西俗，必是父亲陪女儿出来。如果父亲恰巧不在身边就由兄长，甚至叔伯，一定要是关系密切的男性长辈。这里有着一重托咐一重叮嘱。当父亲挽着女儿出来时，乐队就奏那曲著名的《新娘来了》，待父亲将女儿交到已等在那头的新郎手中时，才改奏庄严的《婚礼进行曲》。

图十三，是 1966 年春天，前国民党上海警备区司令杨虎的儿子儿媳的结婚照。杨虎积极配合解放上海，解放后被给予统战人士待遇。儿子杨定国英俊潇洒，北大英文系毕业。儿媳余墨卿是上海名门闺秀，著名企业大中华橡胶厂老板的千金，也是北大英文系毕业，以貌美而闻名文革前上海老资产社交圈。上海是可爱的，上海的都会文

图十三　国民党淞沪杭警备司令杨虎的儿子在 1966 年 2 月“文革”前夕的婚纱照，可谓俊男美女。

化是顽强而富生命力的。尽管政治铁扫帚横扫竖扫，然因着以周总理为首的老革命家坚持执行党的统一战线政策，上海的一部分都会文化才得以低调地保留下来，比如婚纱。此时已不大有人穿婚纱，认为这太资产阶级了。据今已七十多岁的当年新娘余墨卿女士回忆，这套婚纱是特地从香港订制的，仿照名牌 CD 的款式。

婚纱的诱惑是难以抵挡的，特别一众出身旧时富裕家庭的青年人，是无法接受一场没有婚纱的婚礼的。而当时的统战政策，也无形中为婚纱保留了一个空间。因此直到"文革"前，上海的富有家庭婚礼仍保留西式婚礼风俗。图十四为原上海啤酒厂的小开在国际礼拜堂的婚礼照，时为 1963 年。

直到 20 世纪 60 年代文革前为止，上海的婚纱有两大来源，大多数是来自以前的库存老货，改改拼拼，令其更合乎社会主义上海的国情。上海人是识时务的。我们可以看到图中的婚纱不再袒胸露臂而是很大众化的小翻领，新娘的发式也很朴素，唯一的首饰是一串珍珠项链。但作为婚纱的最基本元素的头纱和长裙及花束，还是保留了下来。只是婚纱只供照相用，不准租出去，更不准穿到饭店宴席上"宣扬"资产阶级生活方式。那时服装店都不承接婚纱订做和租赁，只有照相店一角低调地挂着一排旧塌塌的陈年老婚纱，领口都泛黄

图十四　20 世纪 50 年代初期的上海新娘

图十五　新娘在新房内。她的衣服是由上海师傅定做的。

图十六　20 世纪 60 年代的婚纱照也十分时尚

图十七　教堂婚礼

了。后面是开口大头针，以适应不同新娘体形。考究的人，特地从海外带入，但也只能拍照时穿，不敢穿到外面。

三个月后“文革”开始，上海婚纱一夜间全部扫四旧扫掉，这十分可惜。否则，可以开个百年婚纱回顾展了！

百年时尚

要说上海女人的经典形象，十有八九就是斜襟上插着一方麻纱绢头、手执一把檀香扇的旗袍女士。上海女人就是这样，在历史板块的碰撞下，在传统与现代间，东方与西方间，约束与开放间，规范与出位间，一身款款旗袍，承载着历史的沧桑和现代的亮点，迂回展现；那婀娜的旗袍身影，弥漫着浓郁的上海百年时尚风情，成为注入西方元素的东方文化最感性的写照，升华为今天全球女性华人最经典的民族华服。

旗袍看似密实，其实最是性感，流闪着只有在线装小说绣像插图的仕女才有的妩媚，因而旗袍的性感，是一种恬淡的靓丽。

旗袍如上海的石库门，其实根本已是时装化了的西洋概念，只是在领口门襟工艺上仍保留传统中国女装的工艺精华。

旗袍在未进入上海前，只是一件肥大的没有腰身、男女装无太大区分的褂子，但细节工艺极其考究（图一）：绣花、缀珠，嵌、切、滚，做工精细得很。图二是我祖父祖母在1916年的合影，此时祖母只有16岁，上身是紧身小袄，下面系裙，袖口领口门襟做工十分精细，都是镶嵌工艺。从前好人家的女性在家可穿短袄裤子，但出得厅堂见人则一定要系裙。裙料多为黑色麦浪绸，裙沿绣着黑珠花。

图三为20世纪30年代在我家老宅后花园大草地上拍的。左一为姑婆（祖父的妹妹），左三为祖母，中间为祖父。从中我们可以看

图一　旗袍的前生不显示女性任何曲线美

图二　1916 年，16 岁时的祖父母。

图三　祖父、姑婆（左〉和祖母（右）摄于20世纪30年代家中。

到，上海女子时尚已走出两截装（短袄加裙子），开始进入旗袍时代。所谓旗袍，除了将原先的短衫放长以外，仍显宽松，能隐约显示女性的曲线，尚没有收腰装袖等西洋工艺介入，即为当时的旗袍尚无时装元素。那时女子做衣服除大衣外，极少去专门时装公司，都是每家有个固定的裁缝，到春秋天时分就开始进驻家里，一早就来，吃好晚饭再回去，一日三餐加点心，还有好茶好烟，再加工钱。现在想来，倒真还是一门不错的营生。因为要住家中做生活，还要度身量体，与女眷整日接触较多，因此多半为女裁缝揽这种住家裁缝的活计。虽然女裁缝没正式拜过师傅吃过萝卜干饭，但只要针线生活好，因着长期的追随熟悉各人体型，且当时的旗袍仍属中式，没有众多西方时装的裁剪细节，故而这种住家女裁缝均能胜任一家男女老少，包括挑剔的太太小姐们的四季衣服。或许受新思潮影响，当时的旗袍只长及小腿，比长裙要短得多，可能是方便女性行走。到了20年代女子缠足在上海已绝迹，就是缠过足的也放开了（如张爱玲的母亲）。女人也乐意秀一把自己的天足以示现代，种种因素令旗袍的长度较长裙要短，以露出一对表示现代的天足。

祖母梳着发髻，戴着珠花，一定是当时上海滩最时尚的打扮。祖母可谓世纪同龄人，她生于1900年，是追逐时尚的新女性，从她身上我们可以清晰地看到上海的百年时尚走向。

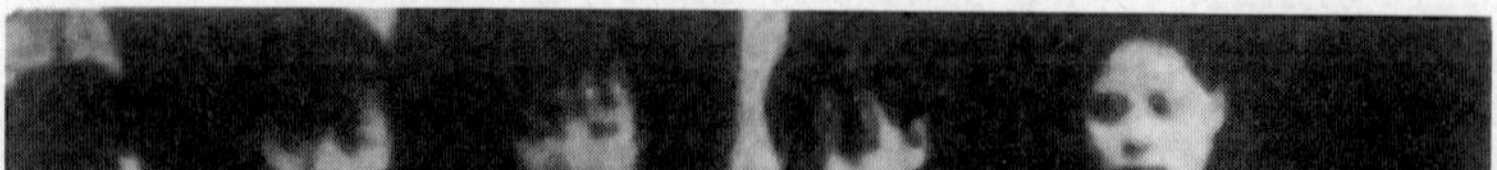

民国初年沪上名妓的合影。一度上海时尚的潮流引领者都是风尘女子。

20世纪20年代末起，烫发与高跟鞋开始在上海时尚女子之中流行，女人的旗袍也开始相应时装化了：旗袍开始吸收时装的收腰打胸裥装袖等西方裁剪工艺，尽显女人玲珑的曲线。因为高跟鞋的流行，30年代旗袍长到脚背，从开衩处隐约露出时隐时现的穿高跟鞋的足踝和紧裹小腿的丝袜，时髦的都会之风首先从女子身上扑面而来。

妈说旧时上海时尚有三大派：公馆太太派，舞女明星派和女学生职业女性派，泾渭分明，一点也含糊不得。祖母的独幅旗袍派自然属公馆派，此时祖母的衣服女裁缝已无法应付了，女裁缝只能做做男人的中装，已渐渐淘汰。男裁缝就开始上门取料量体拿回家做，再上门试样送货（图六）。这种男裁缝都是在鸿翔公司做老师傅吃过萝卜干饭，待有了固定客户群就跳出来自立门户。自己又是老板又是接生活的公关还是裁剪主刀，再收几个小学徒做下手。祖母的一个小毛师傅跟了她多年，甚至还跟去了香港，并靠一手旗袍绝活发了财——其中一绝是旗袍腰身不是靠打裥，而是靠手扯衣料扯出来的。20世纪60年代他就在九龙尖沙咀海旁群立的五星级酒店中之一的香港酒店大堂内开出一家专门承做旗袍的五星级时装店，专做游客生意。我的《上海街情话》中小毛师傅的生活原型就是他，此小说后改编成电视剧《一世情缘》，小毛师傅的形象生动鲜活，皆因他和我们一家太熟悉了。

图四：祖母的一双玉臂从马甲袖中大胆地裸露出来，颈与肩部的连接线条也自然勾勒出来。

祖母的旗袍是绢丝纺，图案不是染上去而是织出来的。此种称为独幅旗袍料。所谓独幅旗袍料，不是现扯现剪，而是每一幅在织机上特别织出，其图案颜色仅此一幅。女人最怕在社交场合与人撞衫，这种独幅旗袍料永远不会与人撞衫。

图五是 16 岁的母亲（左一）与她的同学，那时我妈还在中西女中读初中。我妈穿着碎花旗袍外套一件羊毛背心，边上她的同学头颈上扎着的丝围巾扣法如今天的上海女人的扣法一样。她们的旗袍显得很宽松，衩也是开得低低的，而且脚上一样是平跟的扎带皮鞋，是很典型的当时女学生派的打扮。

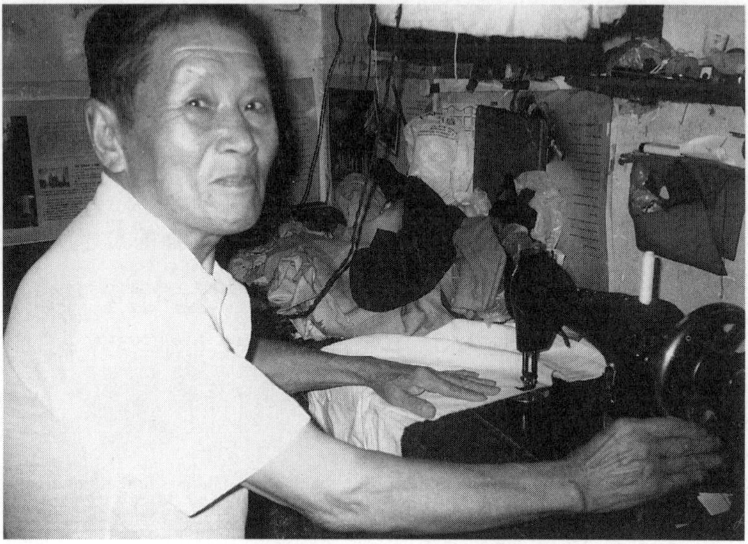

图六　我和妈妈追随了 30 多年的裁缝师傅杨师傅

我妈这一簇教会女中的学生平时一身布旗袍校服，唯有周末回家才可稍作些打扮。她们不会穿紧绷着身体、线条毕露的旗袍，那是交际花和舞女明星的装束，皮鞋后跟也不会超过二寸高的。

图七这位漂亮小姐是从我妈的老照片堆里找到的，可惜妈已不记得她叫什么名字，想来多半是她在中西或圣约翰大学的同学，但见照片中的她，阳光健康又充满活力，很典型的上海女大学生打扮，一身简洁朴素的布旗袍配白帆布鞋，风情万斛。希望她仍健在，如见到照片请与我联系，我当即时奉上稿酬。

图八是一幅典型的公馆太太姐妹花的合影。右面的太太为著名的颜料大王贝家的夫人、贝聿铭的堂嫂，但见她们一身宽松旗袍，脚穿平跟皮鞋，不仅长得漂亮，而且雍容，一派夫人相却全无半点珠光宝气。左手一枚翡翠戒指，已不露声色地显示了身家。

这就叫夫人相，也称公馆太太派头。

说来有趣，上海时尚之街南京西路（旧称静安寺路）时装店林立，却各有固定客户。鸿翔公司、朋街都是典型的公馆太太派，即做工考究料作上乘，式样却较保守传统，不赶新潮。

我老妈那一代当时正处花样年华的洋派女学生做衣服可从来不去鸿翔——她们认为又贵又古板，更愿去静安寺路沿街的犹太人开的 Botique（专卖店）做衣服买首饰，或者去鸿霞绿屋夫人时装沙龙

图七　20 世纪 40 年代初的女大学生

图八　两位典型的公馆太太

等年轻化时尚化的店。

至于交际花、舞女等另有定向服务店，只是老妈不知道。

旗袍个性十分海派，可以百搭，无论居家还是出席大场面甚至婚礼，都可以是最合适的服饰。

图九的女士身穿蕾丝通纱旗袍，手捧鲜花。旗袍可以成为女子最合适的晚装出席任何大场面。今日旗袍有点如日本和服，在正式隆重的场合，一袭旗袍是最相宜的装束。

图十：我的外公外婆和舅舅摄于1940年。外公是圣约翰大学出来的银行经理，舅舅是南开大学学生，外婆却是大字不识一个的老太太，然一身旗袍令她一点也不显老土，十分雍容，可见旗袍适合任何年龄层次的女性。

20世纪40年代的祖母，正值中年（图九），旗袍外罩着件绒线开衫，依然风韵犹然。可见，旗袍合适所有年龄段的中国妇女。

图十二：祖母此时已年近半百，在那个年代属高年资的女性了。身材也已发福，旗袍仍适合她。微风吹起祖母旗袍的一角，露出内里带花边的白色衬裙。

考究的旗袍是不带夹里的，但必配一条绢质衬裙，因每件旗袍样式颜色不同，考究的，每件旗袍必单配一条衬裙。衬裙为背心型比旗袍略短几分，裙沿配着通纱蕾丝，当女人行走时，衬裙的花边在旗袍

图九　通纱旗袍照

图十　20世纪40年代，外公、外婆和舅舅。

图十一　旗袍配毛衣，脚上绣花鞋，十分典型的上海太太形象。

图十二　1955 年，年过半百的祖母。

衩内时隐时现，十分性感。时尚旗袍女性起码应备黑白两色衬裙以方便配搭，如若喜欢穿透视的蕾丝旗袍，那衬裙色泽就更要与面料颜色呼应，要有多件各色衬裙才行。

祖母上身穿西式白色小外套，sharkskin 的面料，那是一种凉爽、手感光滑的英国夏装面料，多为白色，旧时男子用来做夏日西装。这里再次可见到旗袍的百搭性，并善融合包罗，化解各种看似势不两立的元素。

图十三：贝家少奶奶与妹妹及弟弟，在家里院子里拍的，约在 1946 年。此时的旗袍已完全时装化流行化：旗袍长齐膝，露出女人健美圆浑的小腿，工艺细节已简化到极点，什么盘扣，嵌镶滚等传统工艺都简化了，面料也流行麻纱、泡泡纱等较合适日常穿着。其实这也是受当时世界时装潮流走简易路线的影响——战后西方世界物资贫乏，百废待兴，老百姓需节约勤俭共同时艰，反映在时尚上最典型的如比基尼泳装的问世，反正节约资源能量人力都催谷了时尚走简易之路。这股时尚之风上海立时接上轨，可见上海的时尚早已与世界时尚同步。

由关南施主演的电影《苏丝黄的世界》，令旗袍女士更成外国人眼中中国娃娃的经典形象。如电视剧《一世情缘》中的旗袍，关锦鹏导演更是完全忠于剧中那个年代而推出的。

五六十年代的上海女人仍十分时尚。1955 年左右上海曾刮起一

图十三　贝家奶奶（右）与姐姐和弟弟

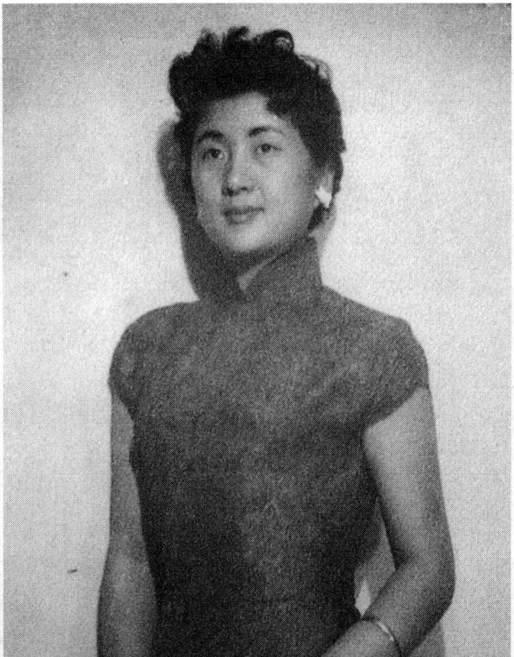

图十四　20 世纪五六十年代的上海女人仍有坚持穿旗袍的

图十五　我的姑妈，摄于20世纪50年代末。

股“穿花衣服”之风，据说当时的国际友人已反应上海街头一片蓝灰，太过单调，政府号召妇女穿花衣服。当时上海时尚风向是跟着苏联老大哥走的，旗袍因其形象太过资产阶级已不被青年人所接受，50年代，布拉吉（连衫裙）开始成上海时尚主打，却仍有上海女人坚持穿旗袍（图十四）。

60年代“文革”前，因国家对民族资产阶级的统战政策，上海的老资产们仍恪守着自己既定的生活方式过着快乐的生活。照片中我们可以看到上海人的旗袍情结在上层上海人中深入民心。图十五是我的姑妈在20世纪60年代的旗袍装。

60年代“文革”前一资产阶级出身的复旦女毕业生的照片（图十六）。全套行头是海外亲友带进来的，此时上海在全国引领时尚的位子早已不复，香港流行成为上海摩登小姐的时尚标志，当然这批对时尚不离不弃的上海姑娘一直被社会视为落后分子甚至阿飞。

图十七中的上海姑娘应当摄于“文革”期间。这位上海小姐哪怕穿得再老土再革命，那白色绸巾与微微敞开的上衣、合身的长裤，仍不可抑制地散发出浓厚的上海时尚之风。这位小姐是同济大学建筑系的，要她脱胎换骨成工农形象，就像让骆驼穿针眼一样太难为她了！

图十八是摄于20世纪70年代的祖母和家人。祖母当时已有70多岁了，仍是一身旗袍。祖母离世时也还是穿着旗袍走的。

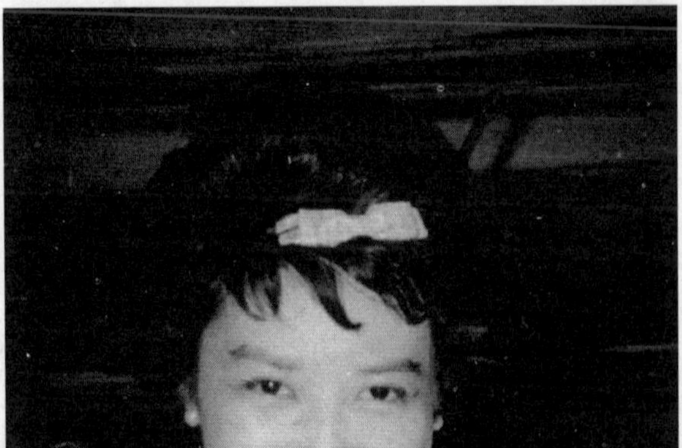

图十六　20 世纪五六十年代，以美貌名扬上海豪门遗老遗少圈内的女大学生刘小姐。

图十七　即使在那样的年代，上海女人的时尚元素还是顽强地表现出来。

图十八

后记

缅怀故人，是对自己的反思。

不可能再出现另一个程乃珊，因为历史不可能重复20世纪40年代。

乃珊的母亲与张爱玲在圣约翰大学同学，同在一个大班上课，据乃珊母亲回忆，张爱玲文笔出众而且英语语法十分了得，故而张爱玲一直是乃珊心目中的偶像。平心而论，她们都是独特而不可取代的，正如荷兰的喜力啤酒，很甘味，同样是啤酒，与用崂山矿泉水酿制的青岛啤酒口味却不同。

乃珊离我们远去已四个年头了，她纪实的老上海的芸芸众生却时时会浮现在眼前。在重铸新上海时，学林出版社情有独钟地再版《上海探戈》《上海街情话》和《上海素描》，曹可凡先生和简平先生倾力作序，在此一并深表敬意和感谢！

风景就像一个女人，她有台风风眼一样的心胸，她的长发就像飓风，她的云唇犹如雨吻，洗涤大地，也为一个城市留下一段刻骨铭心的回忆。

严尔纯

2017年5月

图书在版编目(CIP)数据

上海街情话 / 程乃珊著 . —上海：学林出版社，
2017. 8
(程乃珊散文)
ISBN 978-7-5486-1228-5
Ⅰ . ①上… Ⅱ . ①程… Ⅲ . ①散文集—中国—当代
Ⅳ . ① I267
中国版本图书馆 CIP 数据核字(2017)第 124281 号

上海街情话

作　　者——程乃珊
责任编辑——许钧伟
装帧设计——魏　来

出　　版—— 上海世纪出版股份有限公司
学林出版社(上海市钦州南路 81 号 3 楼)
电话：64515005　传真：64515005
发　　行—— 上海世纪出版股份有限公司发行中心
(上海市福建中路 193 号　www.ewen.cc)
印　　刷—— 上海叶大印务发展有限公司
开　　本——850×1168　1/32
印　　张——7.5
字　　数——13 万
版　　次—— 2017 年 8 月第 1 版
2017 年 8 月第 1 版次印刷
书　　号——ISBN 978-7-5486-1228-5/I·178
定　　价——26.80元